三國疑雲
卷
2
逼入絕境
水的龍翔 著

# 目錄

# 第一章

# 人心叵測

步度根看著軻比能帶著各部族首領和十幾萬的騎兵離開，心中充滿了雄心，孰不知，他同時被兩個人算計著。人的心，實在是世界上最複雜的東西，即使把心挖出來放在你面前，你也無法真正的看透「它」到底是否叵測……

雁門郡，馬邑城。

高飛再一次來到城牆上，遠遠的向外眺望，但見馬邑城外人山人海，十幾萬人四散開來，一眼望不到邊。

乍看之下，那些鮮卑人分布的極為鬆散和雜亂，可是細細觀看下，不難發覺鮮卑人有自己的一套聚集生活的準則，都是以部族的形勢聚集在一起，小的圍繞著大的，大的環繞在金頂大帳周圍，環環相扣。

已經是第四天了，這四天的時間裡，鮮卑人突然猛增了五萬兵力，讓高飛的心裡很不是滋味。

夕陽西下，晚霞漫天。

「主公，您都一天沒有吃飯了，屬下讓人弄了點主公愛吃的，請主公……」許攸從城樓下面走了上來，看到高飛還站在城牆上，躬身道。

「我沒胃口，吃不下！」

「可是……」許攸還想說什麼，見高飛一臉的愁容，將話音一轉，道：「主公還在擔心鮮卑人？」

「如今在馬邑城外，有足足十五萬人，比我原先預料的要多了五萬人，雖然已經是萬事俱備，可恨我們兵力畢竟還是少數，能否打好這一仗，直接關乎到我們燕國未來數年內邊境的安寧。」

許攸道：「屬下相信我軍能夠打好這一仗的，而且還能一舉將鮮卑人重創，那個什麼軻比能，實在太可恨了，這次一定要殺了他才行。」

他一說起軻比能，便不由地摸了摸自己剛好的胳膊，心裡恨得咬牙切齒，暗暗想道：「這個該死的蠻人，居然敢丟我，還把我胳膊弄折了，我一定要你好看……」

高飛露出笑容，拍了拍許攸的肩膀，道：「參軍，我軍把什麼事情都做好了，而且這個時候想必丘力居也率部出塞了，我們可是雙管齊下，對付這個只會喊打喊殺的鮮卑人，應該更有自信一些。**我堅信，這次一定能夠讓鮮卑人得到一次慘重的教訓，要讓鮮卑人知道，我們漢人是不可侵犯的。**」

許攸見高飛突然精神抖擻，也受到了感染，興奮地道：「一定能夠將鮮卑人打垮的！主公，那這飯……」

「吃！我餓死了，現在沒有什麼比填飽肚子更重要的了，走，你陪我吃飯，順便再商量一下對策！」

「諾！」

馬邑城外。

金頂大帳裡，步度根、扶羅韓坐在上座，諸位部族的首領分別坐在兩側，軻比能扭動著巨大的身軀站在中間發號施令，在場的人都洗耳恭聽。

吩咐完，軻比能走回座位，一屁股坐在他用頭骨做成的胡凳上，凳子發出骨頭與骨頭之間摩擦的「咯咯」聲，讓人聽了很是刺耳。

軻比能剛一坐下，便道：「今天已經是第四天了，大軍在這裡休息了整整四天，為的是什麼？」

「搶錢！搶糧！搶女人！」在座的各部族酋長都群情激奮、異口同聲地道。

步度根坐在大單于的位置上，看到左側一列新來的幾個部族的酋長，依次是素利、厥機、彌加、雅丹、越吉，這五個人都甚是年輕，年紀大約只有二十出頭，可是卻已經擔任部族的酋長，感到實在不可思議，便道：「軻比能，這五位酋長甚是年輕，我以前從未見過，可是你西部的部族嗎？」

軻比能道：「大單于，這幾位是我在草原上網羅來的勇士，各個都是身手不凡，素利、厥機、彌加是東部鮮卑，雅丹是中部鮮卑，越吉才是西部鮮卑。」

步度根聽後，感到滿臉的羞愧，看看素利、厥機、彌加三人，個個虎背熊腰的，肌肉發達遠超過他數倍，心想：「沒想到我東部鮮卑裡也有這三位勇士，為什麼我從來沒有聽說過？」

扶羅韓也是一臉的羞愧，他和步度根兄弟二人共同統治著東部鮮卑，可是東部鮮卑裡有此勇士，他們卻不知道，這等於是在打自己的臉。

可是，羞愧歸羞愧，他還是有點不明白，便問道：「既然是東部鮮卑的人，為什麼我沒有見過？而且似乎整個東部鮮卑裡也沒有聽聞過三位的部族……」

「那是因為他們所率領的部族都是我分給他們的！」

軻比能似乎明白扶羅韓心中所想，打斷扶羅韓的話，態度強硬地道：「他們不是貴族，只是平常的牧民，縱使擁有一身勇力，無法得到重視，是我給了他們機會，而且分給他們五個一人一個部族，在我眼裡，只要有能力的，就一定可以成就一番大事業！」

步度根、扶羅韓都聽出了他的弦外之音，就連在座的其他部族的酋長也都聽懂了軻比能的話外之音。軻比能是小種鮮卑，算不上貴族，可是比一般的牧民卻又高貴了那麼一點點，因而，他要強調的是不能以血統論貴賤。

大帳中眾人默默不語，軻比能見狀，便站起身子，朗聲道：「明日清晨，大軍悉數進攻馬邑，我還有事，就先告辭了。」

清晨，太陽剛剛露出頭，馬邑城外便傳來陣陣嗚咽的號角聲。

高飛正在縣衙裡吃早飯，聽到號角聲，精神為之一振，急忙放下碗筷，拿起盔甲便朝門外跑了出去，一邊跑一邊對親兵道：「快，傳令全城兵馬集合，北門待命！」

來到北門，高飛登上城牆，便遙遙望見一個面色猙獰的大漢戴著金盔，披著金甲，身後依次排開五位精壯之士，光看那穿戴和打扮，便彰顯了身分的尊貴。

「主公！鮮卑人不知道為何突然集結了所有兵馬，看這陣勢，是要攻打馬邑了。」張遼一身戎裝，見高飛上了城樓，立刻抱拳道：「主公不是說鮮卑人會等七天時間嗎，為什麼才第五天，鮮卑人就進攻了？」

高飛知道張遼心中有氣，氣他逼迫他投降，聽張遼語帶譏諷，便道：「你是在責怪我嗎？」

「屬下不敢，屬下只是……」張遼不再說話了，他忽然覺得，解釋太多，就等於是在掩飾，不如不說為上。

「這個人不是步度根，竟然穿著如此尊貴，此人是誰？」高飛不願多問，見張遼不解釋，他直接指著為首那個金盔金甲的鮮卑凶惡大漢問道。

張遼眺望了一眼，道：「此人叫**軻比能**，號稱**鮮卑第一勇士**，為人歹毒異常，去年一年，接連吞併了八個中部鮮卑的大小部族，他將所殺的尊貴之人，用其頭顱做成胡凳，走到哪兒帶到哪兒，以炫耀其勇力。」

「如此野蠻，倒是不失蠻人本色……既然他就是軻比能，也就等於說，他是整個鮮卑大軍的支柱……很好，那我就先拿軻比能開刀，先解決這個對漢人有極大威脅的人。」高飛聽了張遼的說明後，道。

「呼……終於上來了……」許攸這個時候爬上了城樓，剛一露頭，便看見城外漫山遍野的都是鮮卑騎兵，頓時為這種場面所震驚，「這……這……」

高飛看到許攸吃驚的表情，倒是沒有感到一絲的詫異，久居中原之人，什麼時候見過如此強大的騎兵陣勢，十五萬騎兵，光戰馬的飼養就能耗費掉一筆不菲的錢財，誰又能夠養得起這麼多的上好戰馬？

就連他現在所統帥的二十萬軍隊裡，所有騎兵加在一起，也不過才八萬多騎而已。當然，這個數字是加上趙軍、晉軍投降的士兵，以及目前在雁門郡內的三萬烏桓突騎，那幾十萬烏桓人不列入其中。

「軻比能身後的五個人又是誰？」高飛見軻比能身後的五位精壯大漢都甚是年輕，容貌各異，看上去極有威武之色，想多瞭解一些情況，便問道。

張遼掃了一眼，當即便認出那五個人是誰了，他久居雁門，經常負責在塞外巡遊，對於軻比能的事情知道的很多，立刻回答道：

「此五人乃軻比能部下的五位大當戶，分別是素利、厥機、彌加、雅丹、越吉。其中，以越吉最有勇力，堪比軻比能，雅丹略曉兵法，素利、厥機、彌加三人也個個都是一等一的鮮卑大勇士，這五個人都是科比能的臂膀。」

高飛看後，問道：「軻比能比你如何？」

「未曾交手，不可盡知。」張遼輕描淡寫地道。

他回想起這兩年呂布帶他常常出塞攻擊鮮卑的事來，每次他們前去攻擊，軻比能總是遠遁而去，所以他確實沒有和軻比能打鬥過。

「主公……敵軍勢大，還是及早撤離為妙。蠻夷不守信用，七天時間未到便展開進攻，不將他們引入雁門關附近，小小馬邑難以維持太久。」許攸憂心道。

高飛早已準備好一切，目前留在馬邑城的士兵，只有高飛、張遼、許攸三個人和烏桓的突騎兵，不過才五千人而已，其餘的士兵都被高飛派了出去，守關的守關，挖坑的挖坑，驅散百姓的去驅散百姓，為了掩蓋兵力減少，他便製造了假象，讓人旌旗不拔，多放稻草人，夜間和白天還維持原來的巡邏隊伍。

「既然要誘敵深入，就要裝得像點，我軍若是不戰自退的話，敵軍必然會追擊的很快，如果象徵性的進行抵擋，然後帶走城中的一切，將馬邑城留給他們，或許他們會為了翻找物資，給我軍撤離提供一點時間。」

「進了馬邑城，到雁門關，鮮卑人就等於是進了一個大口袋，從偏關、樓煩關、雁門關這三個地方一起進攻，加上伏擊，必然能夠出其不意的給鮮卑人造成重創。」張遼建議道。

「呵呵，這就是我說的**關門打狗**！只要他們一離開馬邑，韓猛便會從偏關進攻，重新攻占馬邑，截斷歸路，之後臧霸從樓煩關出兵，配合雁門關進行反擊，最後將這些該死的鮮卑人逼到伏擊圈裡，不死也能讓他們脫層皮！」高飛洋洋得意的道。

張遼道：「鮮卑人瞄準一個地方，基本上就會非要拿下這個地方不可。如果是我指揮這十幾萬騎兵的話，我會沿著東西奔走，接二連三的攻打周邊的郡縣，讓人防不勝防……」

高飛見張遼似乎已經將自己當成十幾萬人馬的統帥了，笑道：「放心，我會給你表現機會的，以後你肯定會青史留名……」

「嗚嗚嗚……」

號角聲再次響了起來，高飛、張遼心頭都是一震，他們聽得出來，這是鮮卑人進攻的號角聲，同時喊道：「全軍戒備！」

喊聲落下，高飛、張遼相識而笑，一種默契油然而生。

高飛道：「文遠，這裡的地形和城防你都熟悉，這場撤退前的防守表演戰，就交給你指揮了，我和許參軍去城中讓士兵收拾一切，隨時準備撤離。」

「主公……」張遼心中一陣溫暖，剛才他不自覺地還以為馬邑城是自己所堅守的城池，忘了自己早就投降高飛了，當他反應過來時，高飛已經拉著他躲在城垛邊了。

高飛拍拍張遼的肩膀，道：「就這樣定了，我先走了，這裡就交給你了！」話音一落，拽著還驚慌不已的許攸下了城樓。

張遼將心一橫，臉上的窘迫隨之消失，高叫道：「弓箭手準備！」

城樓上留下來的數百名弓箭手紛紛拉開弓箭，等待張遼的命令。

「嗖嗖嗖！」一支支利箭從馬邑城下射了過來，一波接一波的箭矢，將馬邑城射得如同刺蝟一般。

遠處，軻比能看到首批一萬名精騎不斷地朝城牆上射箭，可就是見不到漢人將士露頭，心裡十分得意，指著城樓道：「看！漢人都成了縮頭烏龜了，一個個的躲在裡面，不敢出來，一定是對我們害怕了，哈哈哈……」

素利、厥機、彌加、雅丹、越吉五個人都隨之大笑了起來。

軻比能抬起右手，向下一揮，第二批弓騎兵便立刻衝了上去，以一萬人為一個大梯隊，每五百人為一個小梯隊，每人只射一支箭，便足以令守城的士兵感到強大了。在他眼裡，他們每個人吐一口口水，都能把馬邑城淹沒。

當第二批弓騎兵回來後，軻比能立刻道：「攻城門！」

鮮卑人不傻，跟漢人打了這麼多年仗，漢人的東西，他們也學了不少，至少知道在進攻漢人城池的時候用攻城武器了。他們從俘虜來的漢人當中挑選出有手藝的工匠，然後將工匠編制在一起，讓他們製造漢人所擁有的東西。

「轟！」一聲巨響，張遼躲在城垛後面，頭頂上箭矢不斷飛過，他心中有一種不祥的預感，急忙道：「什麼聲音？」

「轟！」又是一聲巨大的悶響，聲音很近，就在城牆下邊，而且是從城門邊傳出來的。

張遼突然意識到什麼，冒著箭雨朝下望了一下，竟然看見鮮卑人推動著牛皮遮蓋的攻城車正在轟砸城門。

「嗖！」一支箭矢射了過來，若不是張遼躲閃及時，只怕現在早已中箭了。

鮮卑人的箭矢不再像之前那麼密集了，零零散散的，因為要給攻城的人留出一片地方，那些擅於射箭的鮮卑人只遠遠地站在城牆外面，漫不經心地不時放出一兩支冷箭。

「將軍……」守衛城門的一個軍侯攀上城樓，趴著對張遼喊道：「鮮卑人在攻打城門……」

張遼衝那名軍侯點點頭道：「讓士兵嚴防城門，盾牌為牆，死守城門，沒我的命令，任何人都不能撤退！」

軍侯立刻下去傳達張遼的命令。

留下來的五千人都是烏桓突騎，不過這個叫法也有點勉強，高飛把他們又當步兵又當騎兵的，就連訓練的模式也按照飛羽軍的方式。

飛羽軍已經被高飛完全打散了，士兵們都被指派到基層當幹部，而高飛預先留在代郡的三萬烏桓突騎，他一直想將其發展成新的飛羽軍，作為燕軍的一支重要軍事力量。

所以，丘力居、烏力登、難樓駐守在代郡時，高飛就秘密地給了指示，他要一支鐵軍，要他們不斷地加強訓練，這些烏桓人的強壯體質也證明了他們有成為鐵軍的實力。

相比高飛帶到遼東的那些飛羽軍，這些烏桓人更像是一支外籍雇傭兵，直接受到高飛的調遣。不同的是，雇傭兵需要支付傭金，而這三萬烏桓突騎則是自願的，除了吃飯、睡覺需要高飛提供外，不用再支付任何費用。

在烏桓人的眼裡，他們將高飛當作神一樣的供奉著，高飛給了他們希望，這些烏桓人也看到了高飛有帶領他們騰飛的潛力，所以兩者一拍即合。

張遼見箭矢逐漸減少，便對部下道：「絕對不能讓鮮卑人這麼輕易的就攻破了城門，跟我一起射殺他們！」

一聲令下，早已壓制不住怒意，並且帶著復仇欲望的烏桓人紛紛開弓射箭，朝城牆下面密集的人群便射了過去。

「啊……」城牆下一片慘叫，正在推著攻城車的鮮卑人被箭矢貫穿，一命嗚呼。

不過，鮮卑人人多勢眾，百餘人的傷亡根本就是九牛一毛，前面倒下去一個，後面的騎兵便立刻下馬遞補上去，連一絲猶豫都沒有，明知有危險卻還是義無反顧，精神可嘉。

張遼見鮮卑人沒有明顯的反擊，似乎看不起城牆上的數百弓箭手，便接二連三地進行騷擾，只一會兒工夫，城門還沒有被砸開，城門邊已是屍體遍地了，倒下的五百多鮮卑人被後面趕上來的人給踩得不成樣子。

時間在一點一點的流逝，鮮卑人心裡的火苗也逐漸地燎原了，充滿怒火的眼神看著前方，卻又只能望城興嘆。

因為馬邑城的北門位置十分獨特，是橫架在兩座土山中間的空地上修建而成，兩邊是長長的峭壁，無法攀登，只有城門口才有一條不太寬闊的平整小路，還是建城時為了方便行走而特別夯實的。

如今小路上擠滿了人，推攻城車的人，加上後面遞補的人，已經將道路塞滿了，所以，戰鬥從一開始，鮮卑人就是以五百人為小梯隊上前射擊的。

古人建造的城門，對這些不善於攻城的鮮卑人來說，起到的作用非常大，而且用來建造城門的材料也十分獨特，給鮮卑人攻城帶來了不小的難處。

站在遠處眺望的軻比能見到這種攻城速度，對攻城武器的信賴感瞬間降到了冰點，昔年他在涼州親眼所見的攻城景象是那麼的迅速，可是怎麼輪到自己頭上就變得那麼難呢？難道是製造工匠偷工減料，還是那些攻城的部族勇士在敷衍行事？

「素利！」軻比能再也忍不住了，大叫道。

素利道：「在！」

「讓你的人上，把這些該死的都給我換下來，別的部族果然不值得信賴，就連攻城都這麼婆婆媽媽的！」軻比能不耐地道。

「單于就請等著吧！」素利策馬而出，拔出腰中的烏金彎刀，身後的一萬騎兵跟著跑了出去。

「單于，大單于並不是很贊同強攻啊。」雅丹向前來到軻比能身邊，低下頭，小聲道。

軻比能自稱「單于」，尊稱步度根為「大單于」，並且將所有征服的部族首領的「單于」稱號都取消掉，改稱「酋長」，這樣，他的身分就顯得尊貴了起來。

但是他忘記了，他也只是一個部族首領，而且還是小種鮮卑，若不是實力強大，其他的部族根本不買他的帳，在別人看來，他這種做法是「只許州官放火，不許百姓點燈」，真正折服的並不多。

「哼！贊不贊同是他的事，攻不攻城是我的事，我尊他為大單于是敬重他，真要跟我對著幹，我直接將他從大單于的位置上拉下來！等我打完這一仗，我看還有誰敢不服從我的命令，步度根、扶羅韓統統都要跪在我面前給我舔靴子……不……給我舔靴子都不配！檀石魁的兒子都是一對草包，我要是早生個二十年，草原之主應該是我，檀石魁也要臣服在我的腳下！」軻比能咆哮道。

雅丹見軻比能動怒，故意岔開話題道：「馬邑城的防守實在太薄弱了，看上去根本不像三萬人，漢人狡詐，或許用的是疑兵之計……」

「不管他們再怎麼奸詐，我以十五萬的兵力攻打一座小小的城池，再牢不可破的城池，也必然會為我們大鮮卑所攻破。」

雅丹不再說話，他很明白軻比能的脾氣，就算是再硬的骨頭，也遲早會被他啃下來。

素利帶著人迅速將城門邊的鮮卑人給換了下來，這撥剛上來的勇士，只要看見有人露頭，便是一陣箭鏃射了過去，這下子將張遼等人給逼得都不敢露頭。

不一會兒，只聽「喀喇」一聲響，城門便被攻破了，二百名烏桓人手持盾牌，嚴陣以待。

兩個屯長在一個曲軍侯的指揮下，各自帶領自己的部下死守著城門，城門一被攻破，他們便看見自己的仇人，兩百條長槍，瞬間便像一支支箭矢一樣被投擲了出去，直接貫穿那些鮮卑人，使得衝在前面的鮮卑人盡皆喪命。

「刷！」整齊的抽刀聲，兩百名烏桓人將鋼刀緊握手中。

此時，雙方的眼裡都充滿了憤怒，同樣的生活方式、習俗，卻造就了不同的種族，在這一刻，似乎要決一勝負一樣。

負責指揮戰鬥的軍侯見鮮卑人人山人海的朝城門擁擠而來，將手中鋼刀舉起，狂吼了一個「殺」字，只一字，卻代表了所有……

張遼在城牆上，聽到城門那裡傳來一聲巨響，緊接著聽到一片喊殺聲，他的直覺告訴他，鮮卑人已經攻克城門了。

「再這樣下去，就失去意義了……」張遼暗想了一下。

「撤！」張遼當機立斷，以他對鮮卑人的瞭解，只這一小會兒的抵抗，便足以使鮮卑人追殺他們追到瘋狂。

負責指揮戰鬥的軍侯看到張遼等人下來，用漢人的方式抱拳道：「將軍，現在該怎麼辦？」

張遼看著從城門一眼望去看不到邊際的鮮卑人，心中一橫，便立刻道：「你帶領一個屯，迅速撤到南門，堵在南門，掩護我軍大部隊撤退！」

那軍侯連想都沒有想，立刻回答道：「諾！」

張遼翻身上馬，看到不斷倒下去的烏桓人，心中不由得生出一絲敬意，朝那軍侯抱了下拳，說道：「拜託了！」

「將軍快走吧，掩護主公撤退重要，這裡就交給我們了，鮮卑人和我們有著不共戴天的深仇，這個時候不殺個過癮，我們沒臉回去！」

張遼心一橫，調轉馬頭，便帶人朝南門跑了過去。留下來的人則奮力堵住城門，和鮮卑人死抗。

張遼帶領士兵來到南門，見高飛率領五百突騎兵等在那裡，急忙向前拜道：「參見主公！」

「許攸已經帶領人先行撤離了，這座馬邑城就暫且讓給鮮卑人，我們現在就離開，那些犧牲的將士，我們會給他們報仇的！」高飛早已看慣戰爭所帶來的傷亡，輕描淡寫地道。

撤離之後，馬邑城很快便被鮮卑人攻克，那留下的二百個烏桓人，在十五萬的鮮卑人眼裡，連根毛都不算。

鮮卑人占領了馬邑城，將整座城池徹徹底底的翻查了一遍，什麼都沒有，就連做飯用的鍋碗瓢盆都看不到，除了石頭砌成的城池外，他們什麼都沒有得到。

這個結果顯然讓人很不滿意，各部族首領全部聚集在一起，開始埋怨起軻比能，抱怨軻比能不應該提前兩天發動進攻，應該再等兩天，得到好處之後再進攻。

嘈雜的批鬥大會開始了，各部族首領像是串通好似的，將所有的責任都推到了軻比能的身上，步度根、扶羅韓則一言不發，任由事態就這樣發展下去。

「夠了！」軻比能陰沉著臉，他的忍耐終於到了底線，猛然地吼了起來，將各部族座下的馬匹驚嚇的躁動不安，像是遇見了可怕的猛虎一樣。

猶如晴天霹靂，馬邑城裡頓時鴉雀無聲，就連那些還在議論紛紛的士兵，也都因為畏懼軻比能而閉上了嘴巴。

「我的責任，我自己來承擔，可是難道你們沒有看出來嗎？燕侯那小子分明是在戲弄我們，早就做好逃跑的準備，如果再等兩天的話，我們就不可能知道他們的蹤跡了，好在我的部下已經查到了他們要去的位置，我現在就帶領大軍去追擊，除卻大單于外，其餘全部跟我走，席捲漢人的財物、女人、牛羊，所有的一切，我會進行平均分配，人人都不落空！」軻比能朗聲道。

各部族首領見軻比能誘之以利，尋思一番後，覺得有利可圖，都紛紛表示願意出兵，跟隨軻比能一起追擊高飛。

軻比能見眾人同意，連看都沒有看步度根一眼，便朗聲道：「留下五百人保護大單于，其餘人全部跟我走！」

「等等……五百人？這也太少了吧，萬一漢人去而復返，那大單于怎麼辦？」扶羅韓叫道。

「漢人不會回來的，就算回來了，大單于難道不會撤退嗎？再說，有哪個漢人敢有這種膽子，竟然公然跟我們大軍為敵？就這樣決定了！」軻比能頭也沒回，冷冷地道。

「你……」扶羅韓還想說什麼，忽然看見軻比能猛的扭過頭，眸子裡射出兩道懾人的目光，讓他的身體不由自主地哆嗦了一下，便閉上嘴，不再說話了。

步度根不是傻子，感到了一絲殺氣，便道：「那就這樣定了，五百人足以堅守這座城池了，再說，我們鮮卑人所至之處，無不聞風喪膽，哪裡還有人敢來自找麻煩？你們去吧，最好能迅速捉住燕侯高飛，這樣我們就可以要脅更多的財物了。」

「不！如果抓到，我就直接殺掉，讓燕軍群龍無首，那麼燕國的東西就會成為我們的東西！」軻比能一扭頭，揚起馬鞭便飛馳而去。

眾位部族首領紛紛離去，扶羅韓又氣又怕。

「太囂張了！」步度根見眾人走遠了，對扶羅韓道，「等過了這個冬季，我一定號召所有的人前來討伐他，再這樣下去，我這個大單于根本就形同虛設！」

扶羅韓嘆了口氣道：「再忍忍吧，等他幫我們統一了草原諸部之後，草原上的人也都會痛恨他的殺戮，必然會聯合起來的，那個時候，才是我們兄弟大顯身手之際。」

步度根點點頭，語重心長地道：「大哥，多加小心。」

扶羅韓向步度根擺擺手，策馬奔馳而出。他臉上的笑容，也立刻變得陰險起來，心中暗道：**「等真到了那個時候，我送你和軻比能一起下地獄……」**

扶羅韓和步度根同樣是檀石魁的兒子，扶羅韓是長子，可是與漢人的長幼之序不同，鮮卑人不講這一套，鮮卑人講武略，勇猛，誰最強大，誰才最值得尊敬，這是鮮卑人信奉的法則。

不過，法則也是有有等級制度限制的，不是貴族，就算你再強，也無法當上貴族，只能去投靠貴族，只能是貴族身邊的一條狗，一個工具，任由貴族呼來喝去的。**平等，只建立在同等的地位上。**

很不幸，扶羅韓便是輸在這個地位上，論武略、論勇力，他都要比步度根強上許多，可是由於他的生母是個低賤的奴隸，所以他的地位就大大地下降了一個臺階，只能去做部族首領，而無法擔任大單于。

大單于是鮮卑最為尊貴的象徵，檀石魁是第一個統一鮮卑各部的人，可惜，他死得太意外，還沒來得及去享受自己辛苦打拼下來的成果，便離開了塵世。

更讓人感到惋惜的是，他死時，連繼承人都沒有來得及選擇，或者說，他根本不認為自己已經到了選擇繼承人的時候，計畫趕不上變化，檀石魁沒有預料到這一點。

檀石魁死後，鮮卑大單于的位置便空了下來，於是嗣位之爭開始，一些東部鮮卑、中部鮮卑特別在意血統，認為只有純正的血統，才能繼承大單于之位，所以這些部族都擁立父母均是貴族的步度根。

西部鮮卑本來血統就不純正，所以他們支持扶羅韓。大單于之爭，從一開始在步度根和扶羅韓之間進行，慢慢演變成鮮卑各部族的混戰，當大漢在爆發黃巾之亂的時候，鮮卑人也在搞內戰。

步度根看著軻比能帶著各部族首領和十幾萬的騎兵離開，心中充滿了雄心，彷彿看到鮮卑在他手中就要恢復成他父親所在的模樣，**孰不知，他同時被兩個人算計著。**

**人的心，實在是世界上最複雜的東西**，即使把心挖出來放在你面前，你也無法真正的看透「它」到底是否叵測……

「天下九塞，雁門為首」，雄關依山傍險，高踞在勾注山上。東西兩翼，山巒起伏。山脊長城，其勢蜿蜒，東走平型關、紫荊關、倒馬關，直抵幽燕，連接瀚海；西去軒崗口、寧武關、偏頭關至黃河邊。

雁門關的城門皆以巨磚疊砌，過雁穿雲，氣度軒昂，城樓巍然凌空，更顯得是氣勢滂沱。

雁門關內，剛剛從馬邑退回來的高飛進入關城裡，在大廳裡坐下之後，看到太史慈、魏延、陳到、歐陽茵櫻、許攸、李鐵、李玉林等人熟悉的身影，倍感親切。可是，他卻是心急如焚地道：「大家都準備的怎麼樣了？」

眾人齊聲答道：「都已經準備就緒，只等鮮卑胡虜到來！」

高飛掃視了一圈，沒有見到管亥、周倉、王文君的身影，問道：「管亥、周倉、王文君等人是否也已準備妥當？」

陳到抱拳道：「啟稟主公，他們已經按照主公的吩咐進入伏擊地點，那裡位置偏僻，也不是到雁門關的必經之路，鮮卑人肯定想不到那裡藏有人。」

「嗯，那就好，只要鮮卑人一到，我們就將他們逼到那個地方圍殲！能殲敵多少就殲敵多少！」

高飛很明白，以目前的兵力，若想全殲鮮卑人是不可能的，就連將鮮卑人逼入那個伏擊圈都有點困難。可是他總是對自己充滿了信心，對付蠻夷胡虜，遠比對付漢人要簡單的多，唯一要注意的，就是胡虜的攻擊力，在這點上，他軍隊裡的盔甲和兵器應該能夠起到一定的作用，可以減少傷亡。

突然，從外面飛進來一隻鴿子，停在李玉林的肩膀上，在牠的腿上還綁著一張字條。高飛看到這一幕，硬是眨巴了好幾眼，做夢都不會想到飛鴿傳書竟然在此出現。

李玉林將鴿子身上的信取了下來，便將鴿子放飛了，他走到高飛的面前，抱拳道：「主公，這是臧將軍從樓煩關傳來的消息，請主公過目。」

高飛好奇道：「這鴿子是你養的？」

「不是……也算是……」

「那到底是不是？」

「不是我養的，卻是我馴養的。」

高飛看著字條上的蠅頭小字，密密麻麻的，不禁很佩服古人，居然能將字寫的那麼小，他瞅得眼疼，也懶得看，將字條交給一旁的歐陽茵櫻，道：「念！」

歐陽茵櫻接過字條，宣讀了起來：「主公回來了沒有，鮮卑人跟來沒，我已經等得不耐煩了，部下也都開始摩拳擦掌了。對了，魏大頭，你的肚子舒服了點沒？」

「只有這些？」高飛聽到歐陽茵櫻停了下來，問道。

「嗯，只有這些。」

「這都什麼跟什麼啊！」高飛聽後大叫，這跟他想的大相徑庭，根本不是什麼加急密信，就彷彿是和誰在聊天一樣，他突然想道：「咦……魏大頭是誰？」

魏延恨不得找個地縫鑽進去，滿臉羞愧地站了出來，低著頭道：「是……是我……這是臧霸寫給我的，實在抱歉……」

高飛仔細看了看，魏延的頭確實很大，有點想笑，卻笑不出來，其他人也都是一本正經地站在那裡，看來他們都知道魏延的這個綽號。

## 第二章

# 前車之鑑

「我們能搶得過軻比能嗎？這麼多部族，還沒有軻比能的人多，如果這一戰損失太慘重的話，我們回到草原就會受到軻比能的壓制，到時候你想抬起頭都難，搞不好還會被滅族，中部鮮卑的那十幾個部族就是前車之鑑。」

「胡鬧！你們竟然拿飛鴿傳書在聊天？實在太氣人了，這東西是用來做為軍情傳送的，落在你們手裡真是……」高飛大翻白眼道：「李玉林，我問你，這信鴿你一共馴養了多少隻？」

「不多，一共七隻，只放出去三隻，另外四隻暫時還不能傳遞消息。」李玉林老實答道。

「你都放給誰了？」

「韓將軍、臧將軍、管將軍，他們三人身上各帶著一隻，現在只回來了臧將軍的那隻，目前正在測試階段……」

由於信鴿還在試用階段，因為很是新鮮，所以每個人都想寫點什麼，權當是在試驗。

「相傳楚漢相爭時，被項羽追擊而藏身廢井中的高祖皇帝，就是放出一隻鴿子求援才獲救的。屬下大概在半年前，遇到別人養的鴿子，便買了下來，加以馴養，直到今天才略有小成。」

高飛知道李玉林是一名出色的馴獸師，不光能馴獸，似乎只要是動物他都有辦法馴服，當然，動物不同，馴服的時間也不同。信鴿這東西，要遠比那些叢林猛獸難馴服的多，因為你要讓信鴿記住道路，這一點只能靠信鴿自己。

「嗯，沒想到你還有那麼超前的想法，這樣吧，等這次打敗了鮮卑人，我鼓勵你大肆的馴養信鴿，你可以收幾個徒弟，然後教會他們馴養的方式，之後向全軍推廣，以後也就省得斥候每天那麼辛苦的來回傳遞消息了。」

李玉林聽後，立刻道：「屬下遵命。」

高飛又問道：「你剛才說，你給了韓猛、管亥、臧霸一人一隻信鴿對吧？」

李玉林道：「是的！」

「既然如此，那就提前讓信鴿投入軍事應用，鮮卑人就在我們身後，現在立刻給臧霸寫信，告訴他，立即帶兵……」

話沒說完，便見又陸續飛回來兩隻信鴿，同樣落在李玉林的肩膀上，腳上一樣綁著字條。李玉林打開看了看，見字條一張是寫給陳到的，一張是寫給太史慈的，都是些閒聊的話，便拱手道：「無甚大事，請主公繼續！」

高飛道：「既然這三隻鴿子都回來了，那就讓韓猛即刻帶兵出偏關，攻打馬邑城，切斷鮮卑人的歸來，讓臧霸帶兵朝雁門關方向來，與我軍會合，偷襲鮮卑背後，不斷的襲擾；再讓管亥、周倉、王文君做好準備，多弄些滾石擂木，這兩天準備大戰。」

吩咐完，秘書陳琳便大筆一揮，迅疾地記錄在紙上，交給李玉林。

李玉林躬身道：「主公，鴿子飛累了，要休息一下，過一會兒才能放飛。」

高飛聞言道：「嗯，應該的。」

這時，有人進來報道：「正北方向發現大批鮮卑人，正快速的向雁門關移動。」

太史慈摩拳擦掌道：「來得正好……」說話時，眼睛還偷偷瞟了歐陽茵櫻一眼，這兩天他守備關卡，還沒來得及和她說上一句話呢。

高飛發現了太史慈炙熱的目光，見歐陽茵櫻鎮定自若，連看都不看太史慈一眼，心道：「可憐的太史慈，他還不知道小櫻的心裡一直喜歡著周瑜呢，戀情還沒開始就結束了，等擊退鮮卑人，我要親自為太史慈說一門婚事，好讓他脫單，至於小櫻嘛，嘿嘿，以後自然有用到她的地方……」

歐陽茵櫻發現高飛臉上帶著陰笑，卻不知道為何，她有種像是被人監視的感覺，一扭頭，看見太史慈目光如炬的看著自己，她也客氣的回了個笑容。

在場除了高飛之外，誰都沒發現這有趣的一幕。

高飛站了起來，「啪啪啪」的連拍了三下手，將所有的目光都聚集到他的身上，朗聲道：「既然鮮卑人主動來送死，就讓他們見識一下我們的手段。許攸，你去叫上張遼，讓他到城樓上見我，其餘人都跟我走。」

話音一落，高飛便大踏步的走出了大廳，眾人亦隨著高飛出了大廳。

登上城樓，高飛便看見鮮卑人的騎兵漫山遍野的襲來，那人山人海的大股騎兵，任誰見了都會覺得很是壯觀。

「太史慈、魏延、陳到、李玉林、李鐵、各自率領部眾做好準備，好戲要開始了。」高飛說完，扭頭對歐陽茵櫻和陳琳道：「你們下去，到關城裡，這裡不適合你們，萬一傷到就麻煩了。」

兩個人沒有拒絕，便下了城樓，隨後見張遼和許攸來了。

「參見主公！」

「嗯，許攸，你離開這裡，受傷了可不好。張遼頂替李玉林，李玉林去照顧信鴿，讓飛鴿傳書快點傳出去，時不我待，時間就是生命！」高飛道。

「諾！」

高飛看著雄赳赳奔馳而來的鮮卑騎兵，笑道：「**好戲這才真正開始……**」

雁門關外。

黑壓壓的鮮卑人正氣勢雄渾的壓了過來，那雄赳赳氣昂昂的架子，彷彿要把整個雁門關踏平一樣，每個人的臉上都掛滿了貪婪的期待，雙眼冒光，看到的似乎是雁門關後面的金山銀山。

高飛站在城牆上，起初的笑容隨著鮮卑人的不斷逼近而變得僵硬，最後換來的是一臉的愁雲。

雖然他已經制定好作戰策略，可是當他看到鮮卑人十幾萬騎兵不斷的湧過來，像洪水般鋪天蓋地時，他有一種任重道遠的感覺，肩膀上壓著的擔子也越來越重。

不經意間，高飛想起唐代詩人李賀的《雁門太守行》，嘴裡脫口而出：

「黑雲壓城城欲摧，甲光向日金鱗開。角聲滿天秋色裡，塞上胭脂凝夜紫。半卷紅旗臨易水，霜重鼓寒聲不起。報君黃金臺上意，提攜玉龍為君死。」

十五萬鮮卑人騎兵，這是一個不小的數字，而且全部都是騎兵，對方還是弓馬嫻熟的鮮卑人，高飛身後的幾名將軍也開始捫心自問了，是否真的能夠按照原計劃將鮮卑人成功擊退。

**這無疑是一場大戰，也是高飛作戰以來，第一次遇到的如此宏大的騎兵隊伍**，從黃巾起義開始，一直到現在，短短的四年裡，他遇到無數的戰鬥，從未擔心過，但是這一次不同，他的心裡也沒底了，只覺得自己帶來的兵實在太少了。

「鮮卑人來勢洶洶，雁門關內只有兩萬兵力，如果光守城的話，兵力是足夠了，可是要想將這十五萬的鮮卑人趕到埋伏地點，只怕會兵力不足。主公，屬下以為，如果按照原計劃進行的話，勢必會傷亡慘重，更恐有全軍覆沒的危險。」張遼看著鮮卑人在聚攏，拱手道。

「怕什麼？來多少殺多少，讓鮮卑人有來無回，打得他們滿地找牙。」太史慈緊握著手中的風火鉤天戟，豪氣地道。

陳到皺著眉頭，擔心道：「主公，如果是在兵力對等，或者兵力大於敵軍的情況下，屬下以為採取原計劃是最有效的辦法，但是就目前的情況看來，屬下贊成張將軍的提議，改變作戰策略。」

魏延道：「屬下也深表贊同。」

「你們都是怎麼了？怎麼怕起來了？以少勝多的例子多了，項羽當年背水一戰，不是以三萬擊敗了章邯的三十萬大軍嗎？如今我軍也應該背關一戰，以必死的心態和敵軍決戰，只要士氣高昂，我軍必然能夠無往而不利。」太史慈吼道。

高飛聽著背後四將的話語，覺得他們說的都有道理，無論是堅守還是作戰，都是在為整個軍隊著想。

他凝視著關外的鮮卑人，看到那漫山遍野的騎兵，在那些鮮卑人的騎兵身上看到了一種驕傲，做出決定道：

「太史慈說得對，現在我們已經到了最為關鍵的時刻了，既然我決定放棄馬邑讓鮮卑人進入這個包圍圈，就已經做了必死的心理準備。鮮卑人十五萬，我軍投入的兵力是六萬，按照項羽當年背水一戰的兵力來看的話，我軍是項羽的兩倍，而敵軍只是章邯的一半，這麼說，我軍的勝利是必然的。」

張遼、陳到、魏延聽到高飛的那一番話後，三人重新打起精神，心裡又燃起了鬥志，抱拳道：「屬下願意和鮮卑胡虜決一死戰。」

高飛道：「傳令全軍，斬殺一個鮮卑人賞一百五銖錢，斬殺一個鮮卑渠帥賞一千五銖錢，斬殺一個鮮卑酋長賞一萬五銖錢，斬殺軻比能者，賞千金！重賞之下必有勇夫，必須把士氣提升上來。」

「諾！」

「主公，既然鮮卑人都已經兵臨城下了，後方必然空虛，我想，是否可以讓韓猛襲擊背後，截斷其糧道，彼軍若是斷糧了，軍心也自然會匱乏。」陳到深得兵法之要領，獻策道。

魏延也附和道：「對對對，先截斷他們的糧道，讓他們喝西北風去。」

張遼道：「二位將軍深諳兵法，文遠佩服。不過，我們對付的是鮮卑人，他們和我們漢人不一樣，行軍打仗時，吃喝都是隨身攜帶，根本沒有押運糧草的習慣，也就等於沒有可乘之機。」

陳到、魏延沒有和鮮卑人打過仗，聽後，面面相覷，齊聲道：「難道就沒有別的辦法了？」

張遼道：「那倒不是，鮮卑人行軍打仗和匈奴人差不多，無論走到哪裡，後面總是會帶著一大批鐵匠，前方打仗，後方的鐵匠便打造箭矢，以備不時之需，所以他們才會有源源不斷的箭矢。只要想辦法摧毀鮮卑人製造箭矢的地方，就能夠使鮮卑人打仗時有所顧忌，一旦箭矢放完，他們就不得不進行近身搏鬥了。說句實話，鮮卑人厲害就厲害在弓騎兵上，真正近身搏鬥時，未必強到哪兒去。」

陳到、魏延聽後，紛紛向外看了一眼，但見鮮卑人人人持弓，彎刀懸在腰中，箭囊中的弓箭都裝得滿滿的，很少看見有人是一開始就手握彎刀立在軍隊當中的。

「主公，交給我吧，屬下率領部下去迎戰鮮卑人，一定先砍下一個鮮卑大酋的首級，給我軍壯聲勢！」太史慈請命道。

高飛知道太史慈的勇猛，而且論箭術，他也是一流的，部下還有一支他親自訓練的三千人精銳，無論是用弓箭進行遠戰，還是短兵相接，他的部下都是最出色的。想了想，道：「好吧，你仔細看看鮮卑人的兵力分布情況，看看有什麼不同？」

太史慈向關外眺望，但見鮮卑人停在雁門關外三里的曠野上，遠遠地望去，人山人海的。

忽然，他看到鮮卑人的一絲不尋常之處，但見中間聚集了軻比能等眾多的鮮卑部族首領，兩翼的騎兵顯得極為鬆散，完全沒有中間幾萬人看著精神抖擻。

他笑了笑道：「敵軍兩翼薄弱，中間強盛，主公是想讓屬下攻擊左翼或者右翼，吸引中間的兵力散開？」

高飛道：「敵軍中間聚集的應該是軻比能的精銳之士，兩翼看起來沒有中間的鮮卑人有氣勢，應該是其他部族的，如果能夠牽動中間的兵力散開，那麼對於我軍下一次進攻來說，就不會那麼艱難了。張遼，你可否率領部下的七千騎兵出戰？」

張遼抱拳道：「末將求之不得！」

高飛道：「很好，太史慈，你攻擊左翼，張遼，你攻擊右翼，這一萬人在鮮卑人人的眼裡，必然是微不足道的。你們先下去做準備，先讓士兵飽餐一頓，等待我的命令。」

「諾！」太史慈、張遼便下了城樓。

陳到、魏延問道：「主公，那我們現在要做什麼？」

「等！等鮮卑人攻城，先擊退幾次鮮卑人的進攻之後，方能讓太史慈、張遼出戰，現在敵軍銳氣正盛，必須要先消磨一下，讓他們吃點苦頭。」高飛道。

雁門關外，軻比能站在十幾萬大軍的最前面，背後素利、厥機、彌加、雅丹、越吉五人環繞左右，再後面則是其餘各部族的首領，扶羅韓則和軻比能並排而立。

「漢人躲進雁門關裡了，雁門關很是堅固，一時難以攻下，你有什麼好辦法嗎？」扶羅韓扭頭對軻比能道。

軻比能看著巍峨的雁門關，冷笑道：「不過一座小小的關城而已，再堅固，也擋不住我們大鮮卑的鐵騎，直接攻關就是了。」

「可是，漢人的城池堅固，這雁門關更是堅固異常，當年我父親也曾經攻打過雁門關，可惜漢人防守的太嚴密了，連續攻了三天都沒有拿下，最後不得不退兵。雁門關雖小，卻是一夫當關萬夫莫開的雄關，而且城牆都是石頭做的……」扶羅韓保守地道。

「夠了！」軻比能聽得有點不耐煩了，不留情面地打斷扶羅韓的話，斥道：

「你何時變得如此膽小了？你父親是你父親，我是我，你父親當年做不到的事，在我就一定能夠做到。只要突破了雁門關，大批的財物、女人、糧食都在等著我們，你難道還想在草原上挨餓受凍嗎？」

扶羅韓不語，心中卻恨透了軻比能，暗暗想道：「早晚有一天，我要讓你死在我的手上。」

「素利、厥機、彌加，你們三個人各自率領自己的部下，交相攻擊雁門關，不要給漢人任何喘息的機會，先遠攻，壓制住城樓上的防守力量後，再用攻城車衝撞城門。」軻比能扭頭吩咐道。

素利、厥機、彌加齊聲道：「是，單于。」

扶羅韓見軻比能一開始就動用了他部下的精銳，不再讓其他部族衝在前面，暗想道：「看來軻比能這次是豁出去了，以前打仗總是先派遣別的部族上，現在居然讓自己的部下親自上陣，但願軻比能這次攻不下雁門關，這樣，我才有更多的說話餘地。」

天地間一片肅殺，秋風席捲著大地，雁門關外人山人海，十幾萬鮮卑人全部集結完畢。

嗚咽的號角聲隨之響起，素利、厥機、彌加三個人各自率領一個萬人梯隊開始向著雁門關衝鋒。

奔雷般的馬蹄聲驟起，鮮卑人高聲廝喊著便殺了過去，黑壓壓的一片人，猶如凶猛的洪水。

高飛站在城樓上，看到鮮卑人一下子便出動了三萬人，極其有規律的形成了三個梯隊，便對身邊的陳到、魏延道：「敵軍來了，做好戰鬥準備，盾牌架在城牆上，把連弩車、轉射機都架好，敵軍來的都是弓騎兵，是想壓制住我們的防守，必須予以還擊。」

「諾！」

「陳到，你去指揮連弩車，魏延指揮轉射機，弓弩手交給我指揮，各司其職。」

「諾！」

吩咐完畢，陳到、魏延立刻分別去指揮部隊了。

城牆上，一千弓箭手準備就緒，另外四百人則分成了兩批，二百人將連弩車架好，二百人則操縱轉射機，若不是因為城樓上的空間有限，高飛恨不得將一萬人全部放在城樓上進行防守。

連弩車早就架設好了，作為守城用的器械，這是一個無比強大的戰爭武器，至少在冷兵器時代是有其巨大作用的。

連弩車是一種置於城牆上可同時放出的大弩箭六十支，小弩箭無數的大型機械裝置，每一台都需要十個人駕駛。這一防守用的器械，高飛還是頭一次將它搬上戰場，因為這幾年，他基本上是處於主動進攻階段，而非防守階段。

雁門關本是呂布的地盤，又是一個重要的關卡，在這裡，最不缺的就是用於防守的器械，連弩車、轉射機，以及進攻用的投石車、雲梯、井闌應有盡有，可以說，雁門關是一個小型的武器庫，其中有不少先秦的戰爭器械還依舊保存完好，如同雁門關的城牆一樣，也經過許多守關將士的翻修。

陳到來到城中的左側，指揮著已經架起來的二十台連弩車，對操縱士兵的人大聲吼道：「都給我打起精神來，讓那些鮮卑的胡虜吃點苦頭，讓他們知道我們是牢不可破的。」

「諾！」二百個負責操縱連弩車的士兵齊聲答道。

在城牆的右側，魏延則指揮著二百個士兵對轉射機進行操作。

轉射機也是一種置於城牆上的大型發射機，機長六尺，由兩人操縱，與連弩車不同的是，轉射機更為靈活，能夠在一人射箭的同時由另一人將機座旋轉。

雁門關的城牆並不太寬闊，但是對占地面積小，方便靈活的轉射機來說，架構一百輛不成問題。

魏延聽到陳到那邊傳來士兵的吶喊聲，隨即對身邊的士兵道：「兄弟們，都給我挺起腰板了，一會兒不管來多少胡虜，都要讓他們有來無回！」

「是，將軍！」

高飛見城牆上的左右兩翼都已經準備好了，鮮卑人正在快速的逼近，便急忙來到城樓的樓梯口，衝城下的李鐵道：「開始攻擊！」

李鐵指揮著十幾台早已架設好的投石車，聽到高飛的一聲令下之後，立刻對身邊的士兵喊道：「發射！」

但見十幾塊巨石飛越城樓，朝著雁門關外的地面砸了過去。

鮮卑人早已駛進投石車的攻擊範圍，人頭湧動，人喊馬嘶，突然見天空中飛來十幾塊大石，一些正在奔馳的鮮卑騎兵立刻被當胸砸得口吐鮮血，紛紛墜落馬下，有的則是砸中頭顱，腦漿迸裂。

可是，那十幾塊大石就像是一葉扁舟一樣，瞬間沒入了鮮卑人的騎兵隊伍裡，並沒有引起絲毫的波瀾，鮮卑人仍是手持弓箭，嘶吼著策馬向前狂奔，衝在最前面的騎兵將弓箭拉得滿滿的，朝著雁門關的城牆上便是一陣猛射。

「嗖嗖嗖……」

雁門關上予以了反擊，弓箭、巨弩車、轉射機發射出去的箭矢，朝著鮮卑人射了過去。這次進行的不再是精準射擊，而是大面積的亂射。

「哇呀……」一聲聲慘叫，最前面還來不及退走的鮮卑人騎兵盡皆落馬，城樓上也有不少士兵受到箭矢的傷害，雙方你來我往，一時間箭矢遮天蔽日。

高飛舉著盾牌，擋住自己的身體，看到陳到指揮的巨弩車像是一個大型的霰彈槍，一次就能發射出數百支箭矢，很有效的給予了鮮卑人打擊。也看到連弩車是很笨拙的東西，雖然發射的箭矢多，可是裝填新的箭矢也要費上一番功夫。

再看魏延那邊的轉射機，雖然每次只發射一支，可是卻能進行連續射擊，活像一臺重機槍，而且裝填箭矢也很容易，還可以進行不同的角度射擊。

「啊……」一聲慘叫在高飛身邊響起，一個士兵被射中額頭當場死亡。

高飛舉著盾牌，透過縫隙向下看了一眼，但見雁門關外屍橫遍野，血流成河，被馬蹄踏死的屍體血肉模糊，一千多人在一陣箭鏃的打擊下喪生了，卻無法阻擋住鮮卑人進攻的狂熱，高飛一邊握著弓箭伺機還擊，一邊在觀察著整個戰場。

這時，幾十個人從城樓下面登了上來，每個人都以盾牌進行阻擋，一上城樓，目光便在受傷的士兵身上搜尋著。

這是高飛的醫療救護小隊，是高飛花費許多時間才從各地網羅來的醫生，高薪聘用，專門在戰場上進行醫療救治。這些人但凡看見有受傷的士兵，或者死亡的，便立刻將這些士兵給帶下城樓進行救治或者掩埋，隨後，空缺的位置便由城樓下面的士兵補齊，始終保持著一千四百人的兵力。

雁門關外，軻比能看著自己的部下進攻受阻，皺起了眉頭，他沒有想到漢人還有能力進行反擊，而且反擊的力道還那麼大。

眼看著衝在最前面的三千人損失了一半，立即下令道：「讓素利、厥機、彌加撤回來，看來要攻打這座關卡，只能用漢人的方法了。雅丹，去讓人到後面把投石車、井闌迅速組裝起來！」

雅丹驚訝地道：「單于，真的到了要用這些笨重武器的時候了嗎？」

「**對付漢人，就要用漢人的方法**，這些武器雖然看著笨重，但是威力卻很驚人，趕緊讓工匠把攻城武器組裝起來，我要讓漢人看看，他們所依賴的城牆，對我們鮮卑人不會造成任何威脅。」軻比能自信滿滿地道。

雅丹右手捶胸，向柯比施了一禮後道：「請單于耐心等待一會兒，那些工匠組裝這些笨重的武器還需要些時間。」

「嗯，快去吧，組裝完畢後，立刻推到陣前！」

「是，單于。」

軻比能的命令很快便被傳達下去，素利、厥機、彌加三人將部隊撤了下來，三萬人來，卻只有兩萬八千人回返，短暫的箭矢交鋒竟然損失了兩千騎兵，讓這些鮮卑人的心裡充滿了憤怒。

雁門關的城牆上，高飛等人見鮮卑人自行退去，都不明所以，但是在士兵的心裡卻很高興，他們認為是他們打退了鮮卑人，低靡的士氣頓時變得高漲起來。

高飛心裡明白，鮮卑人的退卻很不尋常，按照張遼的話，鮮卑人是認死理的，不攻克這個地方絕不罷休，現在卻突然退兵，讓他感到一絲不安。

可是轉身看到歡呼的部下，他也不好說什麼，便對士兵喊話道：「鮮卑人不過如此，沒什麼好怕的，他們是無法逾越這座城牆的，今日參戰的人，都有重賞。」

「主公威武！燕軍威武！」士兵們高聲叫道。

高飛轉過身，凝視著遠處的鮮卑人，心中想道：「鮮卑人突然退兵，到底是為了什麼？」

兩軍開始僵持，雁門關內的漢人群情激奮，雁門關外的鮮卑人卻怒火中燒。

退下來的素利、厥機、彌加來到軻比能的身邊，三人疑惑不解地道：「單于，為何突然下令撤兵？」

軻比能道：「漢人的防守很嚴密，這樣強攻下去只會損失慘重，我已經讓雅丹去讓那些工匠們組裝攻城武器去了，雁門關是一座重關，必須要全力進攻才行。你們幾個先下去歇息，等雅丹來了再一起行動。」

「是，單于。」素利、厥機、彌加各自招呼部下，回到軍中。

扶羅韓一直在軻比能的身邊，聽得很仔細，湊近軻比能小聲道：「一會兒再攻城的話，不妨讓其他部族上陣，一來可以減少單于主力的損失，二來可以削弱其他各部，這可是一舉兩得的好辦法啊。」

軻比能看了眼扶羅韓，臉上沒有任何表情，可是那一雙深邃的眸子裡射出來的目光，像是能把扶羅韓看透一樣。

扶羅韓看著軻比能古井無波的望著自己，心裡不由自主的起了一絲懼意，強作鎮定地道：「有什麼不妥嗎？」

「沒什麼不妥，只是我覺得你突然說得很有道理。」軻比能伸手拍了拍扶羅韓的肩膀，笑道：「其實鮮卑大單于應該是你才對，步度根並沒有什麼能力，等這仗打完了，回到草原，我便將你拱上大位，你我聯手合作，一定能夠再次統一鮮卑各部族，再現昔日的鮮卑風采。」

扶羅韓苦笑道：「我哪能跟單于比啊，論武略、論勇力，單于可都是大鮮卑裡首屈一指的人物啊，如果單于想做大單于的話，我一定鼎力支持，只求大單于到時候放過步度根一命，讓他去遼東一帶繼續做他的部族首領，再怎麼說，他也是我的弟弟。」

軻比能聽後，冷笑道：「你放心，我會饒他一命的，不過，我不會讓他再去擔任部族首領，而是留在我身邊聽候差遣，到時候我讓你去做東部鮮卑的大酋長，替我好好的管理東部鮮卑，你覺得如何？」

「多謝單于。」扶羅韓嘴上如此答道，心裡卻想道：「軻比能野心外露，已經昭然若揭了，這個時候正是激起他和各部族之間矛盾的好時機，不然，回去之後，我和步度根都會陷入危機之中。雖然我也不怎麼喜歡步度根，但好歹是自家兄弟，打斷骨頭還連著筋呢，這個軻比能憑什麼踩在我的頭上？」

軻比能望著遠處的雁門關，斜眼看了下扶羅韓，心中亦思索道：「**扶羅韓遠比步度根危險，最好借刀殺人，用漢人的手殺了扶羅韓**，這樣的話，其他各部族的酋長們就再也不敢有所違抗我的命令了。步度根無能，但是在我沒有統一鮮卑各部族之前，是不會殺他的，再怎麼說，我還要借他的名義來討伐其他各部族呢，漢人的挾天子以令諸侯大概就是這個意思吧？」

兩人心中各自打著自己的算盤，其餘的部族首領也都是各懷鬼胎，**看似強大的十五萬鮮卑人，卻因為內部的勾心鬥角，充滿了緊張的氣氛**，如何保存實力，又能得到更多的實惠，成了各部族首領最關心的問題。

只是這些貓膩，漢人卻看不出來，也讓這場戰爭充滿了撲朔迷離的未知可能。

雁門關裡。

高飛和眾位將士在積極備戰，關門緊閉，城牆上弓弩齊備，城樓下面的通道上太史慈、張遼二人的部下都是嚴陣以待，隨時準備出擊，醫療小隊將傷患抬到了傷兵營進行救治，戰死的士兵則被運到了遠處掩埋，一切都沒有絲毫的懈怠。

半個時辰後，鮮卑的大軍開始有了浮動，原來連成一體的鮮卑騎兵突然從中間一分為二，讓出了一條寬闊的大路，雅丹領著千餘人的士兵一邊用馬拉，一邊用人推，將一座座高達十米的井闌給拉了過來，再後面則是一輛輛笨重的投石車，還有十幾輛攻城椎車，用於攀爬城牆的雲梯等等。

雅丹策馬來到軻比能的身邊，拱手道：「單于，都組裝好了，是否開始攻城？」

軻比能點點頭，對扶羅韓道：「請酋長讓部下全部下馬，攜帶弓箭登上井闌，以便於攻城。」

扶羅韓心中一驚，急忙道：「單于，你讓我的部下去攻城？」

「當然，你是檀石魁之子，是驍勇善戰的鮮卑酋長，更是大單于的兄長，由你帶頭攻城，其餘的部族首領才無話可說，這不是你給我出的主意嗎？」軻比能輕描淡寫地道。

「可是……」

「大單于不在，單于的話就是命令，誰敢不從？」

軻比能身後的越吉「唰」的一聲將腰中懸著的彎刀拔了出來，瞪著兩隻猶如銅鈴的眼睛，惡狠狠地看著扶羅韓。

扶羅韓心中害怕，畢竟越吉也是鮮卑一等一的勇士，武力僅比軻比能只低那麼一點點，他自認不如越吉，不敢公然挑釁，而且他身邊所環繞的素利、厥機、彌加、雅丹等人，都是軻比能的親信，真要反抗起來，他相信以軻比能的性格，一定會將他當場問斬。

他前後思慮了一番，後悔自己給軻比能出了這個餿主意，弄得現在騎虎難下。

他硬著頭皮答道：「既然是單于的命令，那我自然要聽從，只是，論起箭術，我的部下並不出色，倒不如東部鮮卑的三部族出色，我想請三部首領和我一起進行攻城。」

軻比能點了點頭，道：「可以。」

扶羅韓當即策馬而走，回去招呼部下，登上井闌。

鮮卑這次的行動一共出動了三十四個部族，最大的一個部族當屬軻比能，兵力六萬人，扶羅韓、步度根兵力各兩萬，剩餘的五萬人則是其餘部族的總數，其中大部族數千，小部族數百，但是小部族一般臣服於大部族，算來算去，其實只是六個部族的勢力而已，其中九萬是東部鮮卑的，中部鮮卑的尚未全部臣服，只有軻比能的部下而已。

軻比能讓人去吩咐那東部的另外三部，三部的酋長雖然是老大不願意，可是迫於無奈，也只好答應，共同派出兩萬人協助扶羅韓攻城。

這邊鮮卑人還在整裝待發，那邊雁門關上的高飛早已經將鮮卑人的一舉一動都看在了眼裡。

「師夷長技以制夷，沒想到鮮卑人竟然也會使用攻城武器了。」高飛感慨道。

他趕緊做出部署，一方面讓張遼、太史慈隨時做好出戰的準備，一方面讓士兵備齊城牆上所需要的一切武器，進行防守和反擊。

鮮卑人一共有十輛井闌，三十輛投石車，以及五輛攻城椎車，雲梯則有數百架，鮮卑的勇士們攀爬著井闌，準備戰鬥，尚有數千騎從兩邊的山上攜帶來許多石頭，給那操縱三十輛投石車的人用。

過了一會兒，鮮卑人一切準備就緒，扶羅韓和東部鮮卑的三大部族首領站在一起，小聲嘀咕道：「軻比能以勢壓人，仗著兵多，用我們當替死鬼，雁門關的防守力量你們也都看到了，可謂十分的堅固，我們這樣去拼殺，等於是去送死，他正好削弱我們的力量，以軻比能的貪婪，若是真的攻克了雁門關，他會真的給我們好處嗎？」

三部族的首領面面相覷，齊聲問道：「那該怎麼辦？」

「很好辦，只要攻城的時候不使出全力就可以了，雖然漢人的財物多，可是真的進了關，我們能搶得過軻比能嗎？大大小小的這麼多部族，還沒有軻比能的人多，如果這一戰損失太慘重的話，我們回到草原以後，就會受到軻比能的壓制，到時候你想抬頭都難，搞不好還會被滅族，中部鮮卑的那十幾個部族就是前車之鑑。」

三部族的首領聽了道：「我們聽你的，好處不能讓軻比能一個人占了。」

扶羅韓笑道：「很好，你們即刻去傳令，告訴自己的部下，讓他們攻城時不要用全力，象徵性的攻打一會兒就好了，只要保存了實力，我們再全部聯合起來，到時候推脫說是漢人防守力量太強，他也拿我們沒有辦法！」

「嗯，你說得很對。」三個部族的首領聽了，立刻吩咐屬下去傳令。

不一會兒，軻比能讓人吹響了戰鬥的號角，三萬鮮卑人便前後相擁的推動著攻城武器向前進攻。

十輛巨型井闌在最前面，中間的鮮卑人用力的推動著，向雁門關城牆而去。井闌前面，一些鮮卑人則負責清理前面的戰場，將那些在第一次攻城時戰死的鮮卑人的屍體以及馬匹的屍體全部拋到兩邊，給井闌的前進保持暢通的道路。

高飛緊握著腰中的劍柄，看到那十輛矗立著的巨型井闌，以及井闌周圍密密麻麻的鮮卑人，朗聲道：「全軍戒備，準備迎戰！」

井闌是古代專門攻擊城池的巨型戰車，上下一共三層，底部有一個進出口，內部有樓梯，最頂端是一個平臺，士兵可以站在平臺上手持弓箭進行射擊，相當於一個移動的箭塔。

但是，不同於箭塔的是，在中間一層上有一個跳板，進攻士兵先將車靠近城牆，然後在塔內逐級登上雲梯，在箭樓的士兵射箭等攻擊掩護下通過接入城牆的跳板攻入城內。

為了防止敵人的破壞，在井闌周圍一般都會跟隨著大量的步兵，以防止敵軍的突然襲擊毀壞了井闌。

如今，鮮卑人正推動著這種笨重而又頗具攻城威力的戰爭武器向雁門關步步逼近，使得守在雁門關上的將士都是心中一驚，他們無法想像鮮卑人是如何掌握這種武器的，更讓他們吃驚的是，井闌要遠比他們平時見到的還要大。

漢軍的正規攻城武器配備中，井闌一般是長兩米，寬一米八，高十米，可是現在擺在他們面前的井闌只能用巨型來形容，長五米，寬四米，高度卻並沒有什麼差別，所容納的士兵也要多出一般的井闌許多。

井闌的巨型箭塔上站滿了人，鮮卑人手持弓箭，滿弓待射，只要被推到了接近城池的地方，就會進行射擊。

高飛看到這種行動緩慢，承載人數眾多的巨型井闌，感到一種從未有過的壓力。本以為鮮卑人是很好對付的游牧民族，可是今天所見卻超乎他的想像，他們不僅掌握了漢人攻城的武器技術，而且還在原有的基礎上進行改造，使其功能變得更加強大。

十輛巨型井闌每兩座為一列，依次排列開來，像一座座獨立的小碉堡一樣，正緩慢的靠近。

「火矢準備！」高飛抽出腰中佩戴的長劍，叫道。

城牆上的一千名弓箭手，紛紛將手中準備好的火矢點燃，拉滿弓，朝著天空，只等待高飛的命令。

高飛從鮮卑人出動攻城武器時，便已經想好了對策，不管是什麼，都有其弱點，井闌看似強大，卻仍舊脫離不了用木頭製作，而對付木頭，最好的方式就是用火燒。所以，他讓人從雁門關的武庫中取出猛火油，用撕碎的破布纏在箭矢上，沾上猛火油，用火矢來對付即將到來的危險。

「放箭！」

一聲令下，一千名弓箭手紛紛朝天空射出了火矢，天空中星光點點，一簇簇帶著火星的箭矢射向密集的人群中，鮮卑人還沒有反應過來，第二波的火矢又到了，帶著火的箭矢有不少直接射在了井闌上。

鮮卑人見漢人射來的是火箭，立刻去撲救井闌上的火矢，一手舉著圓形的盾牌，一邊救火，火矢很快便被撲滅。

高飛訝異鮮卑人的反應如此迅速，不禁道：「此一時彼一時，在遼東和鮮卑人打了一仗，時隔幾年，**不想鮮卑人竟然遠遠超出了當時的戰力。**」

高飛扭頭對陳到、魏延道：「開始射擊！」

陳到、魏延收到命令，指揮連弩車、轉射機進行射擊，只是沒有進行火矢射擊，因為那樣會很麻煩，反而降低了連弩車、轉射機的攻擊性能。

與此同時，井闌已經逼近了雁門關的城牆，站在井闌上的鮮卑人和雁門關的城牆等高，鮮卑人手持著弓箭開始進行射擊。

高飛見井闌逼近了，便讓士兵對準井闌上的鮮卑人用火矢進行射擊。

「轟！」雁門關裡的投石車也開始進行拋射，將一塊塊巨石遠遠地拋射出去，有幾塊巨石直接砸中後面的井闌，井闌頓時被巨石砸斷，從中露出缺口，在內部的士兵也被巨石砸得吐血。

「轟！」同樣的聲音在雁門關的城牆上響起，一塊巨石狠狠地砸中雁門關的牆體，鮮卑人的投石車也開始發揮了作用，正不斷地用巨石猛砸城牆。

高飛目視著那二十輛投石車，一字排開，每輛投石車都如同一尊神獸，至少有十二個人在操縱著投石車，兩人裝填石頭，十個人則站在投石車中間的滾軸上賣力的奔跑。

「那是……」高飛從未見過這樣的投石車，看上去要比雁門關內的投石車更加優良，而且射程更遠，**「鮮卑人到底從哪裡弄來這樣的投石車？竟然利用腳踏輪進行起重的拋射？」**

鮮卑人所操縱的是巨型投射型兵器，屬配重式重型投石機。通過配重箱翹起拋臂，拖引拋彈兜拋射石塊和火球等物，來攻擊敵群和堅固城堡。

投石機種類繁多，其中以腳踏起重輪型投石機結構最複雜，體積最大、威力最大。發射時，需多人在腳踏輪裡面踩踏起重輪，回收超長拋臂。為追求最大威力，投石機大多體積龐大，多以可拆卸的塔架結構組裝固定在原地後使用。

軻比能騎在馬背上，看著進展順利的攻城部隊，臉上浮現出笑容。

雅丹看後，也是一臉的興奮，因為他看到雁門關城牆上石屑亂飛，已經看不見城牆上的兵力如何了。

「單于，這投石機可真厲害，那些漢人工匠看來沒有白養。」雅丹興奮的道。

軻比能笑道：「漢人聰明，我們鮮卑人也不笨，以前那種只憑藉著馬刀、弓箭在草原上馳騁的生活早已經離我們遠去了，我們要攻占漢人的領地，就得用漢人的武器。憑什麼我們只能生活在草原上？漢人那麼多的城池、那麼多肥沃的土地。憑我們不能去占領？我曾經在西涼跟隨董卓的部隊到過洛陽，那裡是天下的中心，繁華似錦，任何人要是去了那裡，根本就不想再回來。等我打完了這一仗，回到草原上把其他部族都統一了，必定會率領大軍南下，一直打到洛陽，從此以後，咱們就在洛陽生活，讓漢人都成為我們的奴隸，為我們製造出更多更好的東西來。」

雅丹這才知道軻比能志向不小，稱讚道：「單于雄心壯志，蓋天下無出其右者，必然能夠一舉成為鮮卑新一代的大單于，統帥所有鮮卑南下，也必然會攻進洛陽城，殺了漢人的皇帝，雅丹以後願意以死效力，世代不叛。」

軻比能聽後，哈哈笑道：「好，不過，現在我的目標不是大單于，而是中原的皇帝。皇帝雖然和大單于差不多，但是要想統治漢人，就必須稱帝。等我做了皇帝，我就讓你做丞相。」

「多謝單于。」

戰鬥還在繼續，雁門關上，高飛和那一千名弓箭手紛紛躲在城垛下面，就連陳到、魏延也不得不去躲閃那隨時飛來的石頭，而且井闌上的鮮卑人給予的壓力也變得十分的大，箭矢射擊的密度和強度都壓制得城牆上的士兵抬不起頭來。

「快去傳令，讓太史慈、張遼率部出擊，徹底摧毀敵軍的攻城武器！」高飛大聲喊道。

「砰！」

一聲巨響從高飛的身邊傳來，他側臉看到一個木製的跳板架在城牆上。心中一驚，鮮卑人正揮舞著彎刀從跳板上走來。

「糟了，鮮卑人臨近城牆了，反擊！」高飛手握長劍，揮劍便砍殺了一個企圖想登上城牆的鮮卑人。

此時，鮮卑人的投石車停止了攻擊，因為他們看到兩座井闌已經接近城牆，正在進行攀爬。

頭頂上箭矢飛舞，城牆上又不得不面對鮮卑人的登城，高飛和那一千名士兵紛紛丟棄了手中的弓箭，抄起盾牌，抽出利劍和鮮卑人混戰在一起。

陳到、魏延則繼續操縱著連弩車和轉射機，只是目標卻瞄準在兩座井闌上，將那些手挽弓箭的鮮卑人射翻一片，以減輕高飛等人的壓力。

雁門關的城門洞然打開，張遼、太史慈一馬當先衝在了最前面，身後跟著的騎兵手持利刃，和井闌周圍的鮮卑人展開戰鬥。

李鐵指揮著投石車進行射擊，無所顧忌的進行石頭的拋射，能砸死多少鮮卑人就砸死多少。

雁門關開始了最激烈的戰鬥，無論是城牆上還是城門口，鮮卑人源源不斷的殺過來，不一會兒，雁門關自上到下就如同被鮮血染過一樣，通體成了紅色。

太史慈、張遼率領訓練有素的騎兵，一出雁門關的城門，便立刻展現出他們的武勇，揮動著馬刀，挺著長槍，很快在城門邊殺出一條血路。

城牆上，高飛、陳到、魏延還在浴血奮戰，刀砍箭射，很快便阻止了鮮卑人井闌的攻勢。

「轟隆隆！」幾輛井闌抵擋不住巨石的攻勢，瞬間坍塌下來，高達十米的井闌砸向密密麻麻的鮮卑人。

「啊……」一聲聲慘叫，數百鮮卑人被砸成了肉醬。

最後面的四輛井闌見狀，停止了前進，看著前面四道橫在路中間的井闌，既無法通行，也不敢貿然進攻。

「差不多了，撤！」一個鮮卑的小部族首領遵照扶羅韓的意思，喊著自己的部下撤退。

一方騷動，八方驚動，後面的鮮卑人剛剛湧上來，還沒有搞清楚是怎麼回事，便見前面的鮮卑人退了下來，其餘的鮮卑部族小首領立刻明白過來，「嘩啦」一下子紛紛撤退。

在城門邊打仗的兩千多人，面臨著漢人的猛攻，又受到自己人撤退的影響，立刻沒了戰心，畢竟他們習慣騎在馬背上作戰，徒步戰鬥就像是失去了兩條腿一樣，走路都不穩當。

可是這兩千多鮮卑人被坍塌下來的井闌阻斷了歸路，既不能前進，又後退不了，真的到了叫天天不應，叫地地不靈的狀態，每個人的臉上都是驚恐萬分。

高飛好不容易殺退了攀爬城牆的鮮卑人，卻見關外鮮卑人又莫名其妙的退了，他立刻道：「鮮卑人敗了，鮮卑人敗了，殺出去，斬殺胡虜！斬殺胡虜！」

部下的將士們再一次受到了鼓舞，每個人的心裡都是一陣火熱，誓要將鮮卑人斬盡殺絕。

城門邊，張遼舞刀猛衝，收割著鮮卑人的頭顱，太史慈也不甘示弱，風火鉤天戟所過之處鮮血四濺，兩個人身後的騎兵也都個個精神抖擻，殺得鮮卑人昏天暗地的。

高飛見中間有被隔成幾段的鮮卑人，立刻對魏延道：「文長，給你立功的機會，一千弓箭手將那些鮮卑人全部幹掉。」

魏延歡喜地道：「諾！」

戰鬥基本接近尾聲，鮮卑人剛才氣勢雄渾的攻勢，在莫名其妙的狀態下撤兵了，讓高飛有點吃不透。但是他絕不會錯過提升士氣打擊敵人的機會，命令下達後，張遼、太史慈很快清掃了城門邊的鮮卑人，之後配合魏延用箭矢將那些被困在井闌與井闌之間的鮮卑殺得一乾二淨。

戰鬥持續到了午時，正午時分，鮮血染透了整個雁門關外的大地，到處都瀰漫著血的味道，充斥著人的鼻孔，非但沒有讓雁門關內的人感到作嘔，反而增加了他們的作戰信心。

戰後，每個人的心裡都在說著一句話：「鮮卑人也不過如此……」

軻比能一直站在遠處觀望，看到進展順利的攻勢突然起了變化，不知道為何，前方的鮮卑勇士全部退了下來。

「混蛋！」軻比能大罵一聲，抽刀而出，砍翻了從他身邊經過的鮮卑勇士，一顆人頭飄向空中，鮮血四濺，染得他一臉都是黏稠的紅色液體。

可是，兵敗如山倒，退後的鮮卑勇士見軻比能殺了人，紛紛繞過軻比能，從兩翼退到了後面。

「該死，**這到底是怎麼回事？為什麼突然撤退了？**」軻比能舉著血淋淋的彎刀，想砍人都找不到人，瞪著兩隻大眼，遠遠地望著雁門關，憤恨不已。

雅丹走到軻比能的身邊，道：「單于，我覺得是扶羅韓在暗中搞鬼，這次出兵的全部是東部鮮卑的人，論戰鬥力，雖然不及單于的六部族，可是也不會太差，一開始攻勢很猛烈，可是後來卻突然撤退，實在讓人不能不懷疑啊。」

「扶羅韓？」

軻比能向遠處的扶羅韓看了一眼，見扶羅韓和東部鮮卑的三個部族首領站在一起，心中不禁疑雲大起，罵道：「該死的，沒想到這小子居然敢耍我……雅丹，傳令下去，今日大軍就地駐紮，暫時先養精蓄銳，明日一早再行攻城，我要用主力踏平雁門關。」

雅丹「諾」了聲，立刻傳令去了。

# 第三章

# 功敗垂成

軻比能看了眼雁門關，悔恨地道：「諸部族不能同心協力共同禦敵，以至於此次攻打雁門關功敗垂成，乃我一生之恨。我軻比能對天起誓，有生之年，若不能使得鮮卑各族完全聽命於我，我絕不再冒然南下。」

雁門關上，高飛手扶著城牆，眺望遠處的鮮卑人。

「主公，胡虜似乎在安營紮寨！」陳到提醒道。

高飛點點頭道：「鮮卑人連輸兩陣，士氣低靡，如果再行攻擊的話，只怕會有更多的傷亡，看來指揮作戰的軻比能還略曉兵法。不過，鮮卑人連續兩次都是很奇怪的撤退，第一次撤退或許是因為第二次投入的攻城武器，可是這第二次的撤退又是為了什麼？」

這時，張遼從城樓下面走了上來，手裡揪著一個鮮卑人，道：「主公，屬下抓了一個鮮卑人，是鮮卑的一個小酋長。」

高飛當即問道：「我有話問你，你如實回答，我自然會放你歸去。如果你拒絕回答的話……」

「哼，我才不怕死呢，要殺便殺！」鮮卑小酋長一扭臉，一臉傲氣。

「呵呵，我知道你們鮮卑人不怕死，我也不會讓你死，我只會慢慢的折磨你。你知道什麼叫凌遲嗎？」高飛笑著問道。

「你們漢人的東西，我不稀罕知道。」

「說得好，既然這樣的話，那你們鮮卑人為什麼還要肆意侵略我們漢人的領土？為什麼要掠奪我們漢人的財物、糧食？你不稀罕是嗎？我告訴你什麼叫凌遲，所謂的凌遲，就是我拿著一把小刀，把你捆起來，然後用小刀在你身上一刀一刀的將你的肉給割下來，直到割掉你全身的肉為止……」

高飛說到這裡，見小酋長的面容有些抽搐，繼續說道：「不過，你放心，我這個人喜歡慢慢地折磨人，不會讓你那麼快死。我會每天割掉你身上的一塊肉，然後等你的傷口好了，再割別的地方，之後弄點愛吸血的蟲子放在你身上，把你流出來的血都吸乾，要是高興了，也可以把你的皮給扒下來，做成燈籠，裡面弄點油，當著你的面讓你看看用你的皮做成的燈籠有多亮。你要知道，我們漢人有許多折磨人的酷刑，一共三百六十五種，一年有三百六十五天，我可以每天在你身上施展一個花樣……」

「哇……」不等高飛的話說完，那鮮卑小酋長便感到肚中翻湧，一側頭，直接吐了出來。

高飛笑道：「你們鮮卑人是剛猛，可是我們漢人會以柔克剛，我問你，你要老實回答，不然的話，我就活活的折磨死你。」

那鮮卑小酋長吐完，恨恨地望著高飛，忍不住連聲罵道：「你們漢人……&*#¥%……」

「我問你，剛才為什麼你們會突然退兵？」高飛收起笑容，厲聲問道。

那鮮卑小酋長倒是很配合，道：「是我們大酋長的命令，說不能盡全力攻打，要保留實力。」

「你們大酋長是誰？」

「大單于的哥哥扶羅韓。」

張遼在一旁解釋道：「主公，鮮卑大單于是步度根，扶羅韓為其副手，是東部鮮卑的大酋長之一，不過跟軻比能似乎不太合得來。」

高飛又問那個小酋長：「軻比能一部，到底有多少兵馬？」

「不是一部，是六部，軻比能是單于，從西部來的小種鮮卑，卻在中部建立了自己的牙帳，經過這兩年的征戰，幾乎統一了半個中部，他將自己得來的兵馬分給了自己的五個得力助手，所以是六部兵馬，一部一萬，共計六萬。」鮮卑小酋長答得乾脆俐落。

高飛聽後，似乎明白其中的疑點，當即對張遼道：「好了，這個人沒用了，凌遲處死。」

那鮮卑小酋長聽了，急道：「你……你不是說要放過我嗎？我什麼都說了，你……」

「我是說過，但是我說的是放你去阿鼻地獄，拉下去。」

「你……&#￥%#……」

高飛笑道：「你能當上小酋長，就說明你殺了不少漢人，殺你一個，等於救了更多的人，你應該感到自豪才對，拉下去凌遲處死！」

夕陽西下，雁門關內外進入了短暫的和平，雖然只有半天，卻讓疲憊的人得到了緩解。

燕軍將雁門關的屍體連同井闌都一把火給燒了，省得屍體腐爛發出的惡臭熏到燕軍。

入夜後，鮮卑人的大營燈火通明，關內的士兵也都做好了準備，隨時對鮮卑人的大營發動夜襲。

夜襲是一個很不錯的辦法，對於士氣高漲的燕軍來說，趁熱打鐵是最有成效的。

高飛坐在城樓上，眺望著關外明亮的鮮卑大營，轉過身子，對身後的太史慈、張遼、陳到、魏延、李鐵、李玉林等人道：「**勝敗就在此一舉了**，能否讓鮮卑人進入伏擊圈，就看你們的了，我在雁門關上等你們的好消息。等子夜時分，鮮卑人都睡著之後再行動，你們現在都回去休息，等候我的命令。」

「諾！」

高飛白天才將飛鴿傳書送出去，臨近夜晚時，便看到臧霸派來的斥候，說臧霸得知鮮卑人攻打雁門關，已經連夜從樓煩關出發了，按照距離計算，剛好半夜抵達，所以高飛便制定了夜襲鮮卑大營，和臧霸聯合作戰的計畫。

太史慈、張遼、陳到、魏延、李鐵、李玉林等人都離開了城樓，高飛獨自一人望著城外的鮮卑大營，自言自語地道：「既然臧霸已經得到消息，想必韓猛也應該得到了，這一戰，我給了他們很大的主動權，以韓猛的將才，應該能夠猜到我會讓他去做什麼，即使飛鴿傳書不到，他也應該去攻打馬邑了，否則，他就不是一個真正的大將。」

又在城樓上站了一會兒，他便下了城樓，剛準備休息，卻見張郃身披重甲走了進來。

「屬下參見主公！」

「儁乂？你怎麼來了？你不是在冀州押運糧草嗎？」高飛對於張郃的到來感到一陣吃驚，訝異地問道。

張郃道：「屬下奉軍師之命，特地帶領重騎兵和重步兵前來支援。冀州方面，軍師已經統籌完畢，原來的袁氏故吏紛紛前來投靠，各地太守、縣令都已經任命完畢，冀州已經沒什麼後顧之憂了。軍師擔心主公兵力不夠，特別派遣屬下前來支援。」

高飛喜道：「軍師派你前來，可真是雪中送炭啊，你來得正好，剛好可以參加今夜的夜襲，用重騎兵、重步兵將鮮卑人圍起來打，完全可以將他們逼到伏擊圈。對了，呂布的形勢如何？」

張郃道：「呂布和各諸侯進入僵持階段，馬騰之前派遣張濟、樊稠出函谷關，卻被文醜給堵了回去，曹操幾次三番攻打虎牢關，連連受挫，曹仁、夏侯惇、許褚都受了不同程度的傷，被迫暫時撤退，兵駐汜水關和滎陽，至於劉表和袁術並沒有什麼動靜，江東的孫堅根本沒有參與，只是發布檄文聲討呂布而已。」

高飛道：「嗯，這樣很不錯，有呂布在那裡拖著就行，等我解決了這批鮮卑人，再渡河南下，收拾呂布，順便把郭嘉給接回來。趙雲、黃忠、徐晃、龐德四將可都進行了黃河沿岸防守？」

「一切正常，沒有主公的命令，他們不會貿然南下，也絕對不會放過任何一個北上的人，就連普通老百姓也都要經過一番盤查。」

「雖然閉關鎖國不是很好，但是現在也只能這樣做了，等擊敗了鮮卑，滅了呂布，我們才能轉入正常的建設中，從攻打冀州開始，到現在已經兩個多月了，這兩個多月來，儘管士兵沒有人說疲憊，可是我知道，再這樣拖下去，肯定會受到影響。你先去休息，讓士兵緩解下疲勞，子夜時分開始行動。」

「諾，屬下告退！」

馬邑城外。

韓猛率領大軍悄悄地逼近了這裡，在夜色的籠罩下，掩蓋住他們的行蹤。

他遠眺著馬邑城，見馬邑城上行人稀少，燈光暗淡，扭頭問道：「張南，消息可靠嗎？」

張南本來在當清河太守，但是為了攻打並州，高飛便將袁紹那幫降將全部召回，更換了各地的太守，讓他們跟隨韓猛一起進兵並州。

他聽到韓猛的問話後，點點頭道：「將軍，消息很可靠，馬邑城裡確實只留下五百鮮卑人，這五百人負責保護步度根，將軍若是抓住步度根，就等於立了一個大功了。」

韓猛笑道：「主公給我獨斷專行的權力，既然如此，那我就不應該放過這個機會，太史慈攻打上黨時比咱們快，這次咱們一定要抓到步度根。蔣義渠、呂曠、呂翔、淳于導、馬延！」

「末將在！」五人答道。

「按照原計劃進行，務必要活捉步度根！」

「諾！」

話音一落，只見蔣義渠立刻帶著數百名喬裝打扮的騎兵朝馬邑城門奔馳而去，很快便來到城池下面。

馬邑城上，守城的鮮卑人還在喝著馬奶酒，突然聽到城下一片馬蹄聲，大吃一驚，看見夜色中駛來的是一批鮮卑騎兵，鬆了口氣。

「喂！你們是哪個部族的，不在前方搶女人，怎麼回來了？」

蔣義渠是幽州代郡人，十五歲才離開幽州，在代郡時，和鮮卑接觸的很多，所以會說鮮卑話，他聽到城樓上的鮮卑人用鮮卑話問他，立刻用鮮卑話回道：「混蛋！我是單于派來保護大單于的，快點打開城門，否則後果自負！」

城樓上的人聽蔣義渠說的是鮮卑話，而且還是標準的中部鮮卑口音，自然不會懷疑，急忙下了城樓，打開城門。

蔣義渠心中暗道：「這幫沒腦子的蠢才，活該成為我的刀下亡魂。」

城門一經打開，蔣義渠立刻帶著騎兵衝了過去，舉起馬刀砍翻了開城門的鮮卑人，沒有停留，直接穿城而過，一路奔到馬邑城的北門，砍翻幾個守門的人後，便占領了馬邑城的北門。

韓猛也沒閒著，見蔣義渠殺進了城，帶著張南、呂曠、呂翔、淳于導、馬延等人和剩餘的騎兵一起奔到城內。

步度根和許多鮮卑人都在睡夢中，忽然聽到城中馬蹄響聲不斷，立馬驚醒，可是一出門，便被韓猛帶領的燕軍士兵給砍死，除了步度根被活捉外，其餘的鮮卑人都被屠殺殆盡。

如此輕鬆的戰鬥，韓猛等人沒有費多大力氣，便占領了馬邑城。

韓猛讓人將步度根押到縣衙，生起燈火。當他看到步度根後，便問道：「你就是鮮卑的大單于？」

步度根一臉驚恐地道：「是我！」

「也不過如此嘛，我以為鮮卑人個個都是勇士，沒想到還有你這樣一個懦夫！聽說我的部下一衝進你的房間，你就立刻跪地求饒了？」

步度根撲通一聲跪在地上，連聲道：「只要將軍饒我不死，讓我做什麼都行。」

「哈哈哈……**你這樣貪生怕死的人居然還能當上鮮卑的大單于，不知道是我**

**們漢人的幸運，還是你們鮮卑人的悲哀？」**

步度根一臉無奈地道：「其實我這個大單于是虛位，不然的話，我怎麼可能會只有五百人保護呢？真正的有實力的人，其實是軻比能……」

「這麼說來，我抓你是白抓了？」韓猛失望地道。

「不白抓！不白抓！我有用，有大用。」

步度根完全沒有英雄氣概，在他的心裡，他只想安安穩穩的享受生活，光不光復檀石魁時代的鮮卑大業，對他來說太過遙遠。

最初他還有爭雄之心，但是自從三年前在遼東和高飛打了一仗，折損了許多兵馬之後，他才知道漢人是很可怕的，從此便沒有再南下，而是一心一意的待在草原上，享受他的貴族生活。

後來，他的哥哥扶羅韓說願意和他和解，並且拉攏來軻比能，說要光復鮮卑大業，方才激起一些他的雄心壯志，可是在後來的相處中，他感到軻比能的可怕，便忍耐著，一心想讓他的哥哥扶羅韓打軻比能，又希望軻比能可以除去他的哥哥，弄得後來軻比能一步步坐大，數次踩在他的頭上。

「哦，你有什麼用？」韓猛問。

「軻比能和扶羅韓不和，而且攻打雁門關的十五萬大軍裡，有九萬都是因為害怕軻比能而出征的，根本不是真心實意，只要我出馬，便可以說服他們大多數人脫離軻比能，前來來降。」步度根信心滿滿地道。

韓猛不信道：「你真有這麼大的能耐？」

「當然，請將軍相信我。」步度根見韓猛持懷疑態度，急忙表態道：「我本來也是希望兩家和平相處的，都怪軻比能那個混蛋，是他逼我發兵的，其實早在三年前我就和你們燕侯認識了，打那以後，我就發誓和你們燕侯友好相處……」

「夠了，是騾是馬，拉出來溜溜就知道了。」韓猛不耐地打斷了步度根的話，向張南使了個眼色。

張南是韓猛的老部下，兩人交情匪淺，心意相通，見韓猛使了個眼色，立刻會意過來。他走到步度根的面前，做了一個請勢，說道：「大單于，請吧。」

步度根驚道：「去……去哪裡？」

「當然是回去睡覺了，現在深更半夜的，不去睡覺還能幹什麼？」張南道。

韓猛安撫道：「你放心，不會殺你的，真要殺你，早就殺了。現在，你可以回去安心的睡覺了，明天天一亮，你就跟我一起去雁門關招降你的部下，我們燕侯很大度，不會怠慢你的！」

步度根這才放心下來，說道：「請你們放心，我一定會說服我的部下以及其他各部族的。」

韓猛道：「嗯，希望如此。」

夜色漸漸深沉，鮮卑大營裡的燈火也沒有之前那麼明亮了，烏雲遮住了月亮，大地變得一片黑暗。

雁門關的城門悄然無息的打開了，李玉林第一個跑出了雁門關，他一邊走，一邊嘴裡還發出一陣猶如狼嚎的叫聲。

走了大約三百米時，他停下腳步。在他的面前，出現一頭頭灰色的野狼，這些野狼的眼睛在深夜裡冒著幽深的綠光，環繞著李玉林。

李玉林的嘴角露出笑容，大概數了數，一共有一百多頭狼，他輕聲道：「怎麼才只有這些，實在是太少了。」

他蹲下身子，伸手撫摸了一頭野狼的皮毛，低聲在那狼的耳邊說了幾句什麼話，那狼像是得到什麼命令一樣，向李玉林點點頭，發出一聲狼嚎，便向鮮卑人的大營跑了過去，其餘的狼也都跟著那頭狼跑去。

這時，雁門關的城門裡，張遼、太史慈、張郃、陳到、魏延、李鐵各自帶著自己的隊伍，魚貫出城。

所有馬的蹄子上都裹著一層布，走起路來幾乎沒有聲音，眾人聚在城門邊的空地上。

張郃、陳到向太史慈、張遼、魏延、李鐵拱手道：「願四位將軍馬到功成。」

太史慈、張遼、魏延、李鐵道：「二位將軍，就此告辭，咱們駱駝谷見！」

「駱駝谷見！」

太史慈、張遼、魏延、李鐵便各自率領輕騎兵離開雁門關，朝四個不同的方向迂迴而去。

張郃、陳到、李玉林回到雁門關，來到城樓上，向高飛拱手道：「主公，我等已經準備就緒，請主公下達命令！」

高飛眺望遠方的鮮卑大營，見一條條黑影快速地竄進大營裡，知道是李玉林召喚的野狼開始進攻了，便擺了擺手，道：「走吧，按照原計劃進行，雁門關這裡你們不用擔心。」

張郃、陳到、李玉林齊聲道：「諾！」

雁門關裡一共有兩萬騎兵，張郃帶來五千重騎和一萬重步兵，除去白天傷亡的一千多人，高飛將輕騎兵分成四隊，每隊四千人，分別交給太史慈、張遼、魏延、李鐵四個人統領，作為襲擊鮮卑大營之用，而讓張郃統領五千重騎，陳到、李玉林統領一萬重步，他只在雁門關內留下三千騎兵，作為救援之用。

吩咐完畢，張郃、陳到、李玉林便去帶領士兵出城了。

高飛站在城牆上，看著遠處的鮮卑大營開始騷亂，抑制不住心中的激動。

鮮卑大營裡，突然竄進來一百多頭野狼，鮮卑人大部分都還在熟睡，可是戰馬卻很敏感，一感應到有危險靠近，戰馬立刻變得狂躁不安，發出聲聲馬嘶。

「喀喇！」臨時搭建的馬廄裡，原本被拴著的馬匹紛紛掙斷了韁繩，開始四處逃竄，沒有來得及跑走的馬，便被一群冒著綠光的野狼撲了上去，咬斷喉嚨，奄奄一息。

但是，那一百多頭野狼並不去飽食美餐，而是四散開來，在營地裡亂竄，專門尋找有戰馬的地方，並不去傷害鮮卑人。

軻比能睡在中軍大帳裡，正做著皇帝的美夢呢，突然被淒慘的馬嘶聲驚醒，來不及穿戴整齊，趕忙走出大帳，看到一頭眼冒綠光的野狼在往來奔走，像是在驅趕著戰馬一樣。

受到驚嚇的戰馬像無頭的蒼蠅一樣胡亂衝撞，巨大的衝撞力撞毀了大營外面的柵欄，其餘的戰馬猶如脫韁的野馬一樣衝出大營，不一會兒便消失在深夜裡。

「怎麼回事?哪裡來的狼?」軻比能抓住一個守在帳外的鮮卑勇士問道。

「不知道哪裡來的那麼多狼,把戰馬都驚走了。」

「快去傳令,但凡看見狼的,一律格殺勿論,不能讓這群畜生再禍害了!」

「這……」

「這什麼這?這是大漢境內的野狼,不是我們草原上的蒼狼,不值得我們祭拜,殺了這些野狼,不會受到神明的責罰,上天若是發怒的話,我一個人頂著!快去傳令各部!」軻比能立刻明白手下人的為難之處,大聲嚎叫道。

「是,單于!」

鮮卑大營最先受到驚嚇的是立在最中間的牙帳,也是軻比能所統帥的中部鮮卑的六個部族,左、右兩營卻安然無恙,並未出現驚慌失措的狀態。

鮮卑人的命令傳達是很快的,號角手只要吹響號角,便能將所要傳達的資訊通過號角傳達出去,所以,嗚咽的號角聲一經吹響,立刻就驚醒了所有的鮮卑勇士。

素利、厥機、彌加、雅丹、越吉聽到戰鬥的號角聲,又見大營一片慌亂,紛紛帶著人來保護軻比能。在瞭解到是一群野狼在作祟的時候,眾人急忙去大營裡尋找野狼。只是經過這麼長時間的折騰,營寨裡的戰馬跑走了大半,野狼卻不見蹤跡。

忽然，左右兩營也開始出現騷亂，和中軍大營一樣，先是戰馬焦躁不安的向外跑去，接著是鮮卑人從夢中驚醒，騷亂持續了小半個時辰才停止。

這些鮮卑人還沒有來得及平復心情，四面八方便響起了喊殺聲，燕軍騎兵揮舞著手中的兵刃，肆無忌憚的衝進一片混亂的鮮卑大營裡。

柵欄早已被戰馬撞壞，張遼、太史慈、魏延、李鐵帶著部下從黑夜中殺了出來，舉起兵刃便是一陣猛砍、猛刺，鐵蹄踐踏著鮮卑人的營地，給予鮮卑人重擊。

左、中、右三個大營已經失去了有效的指揮，那些有馬匹的翻身上馬，沒有馬匹的便徒步迎擊，可是他們的反擊根本阻擋不住燕軍的攻勢，反被士氣高昂的燕軍士兵殺得死傷一片，慘叫連連。

與此同時，西北方也殺來一股兵力，領頭之人是臧霸，只見他手持長槍，從營寨背後殺來。

「終於趕到了，總算沒有白跑一趟！」

臧霸一馬當先，挺槍在前，身後昌豨、尹禮、吳敦、孫觀、孫康五將緊緊相隨，再後面則是郭英、陳適二人壓住後軍，一萬騎兵猶如滾滾洪流，勢不可擋的攻擊著鮮卑人的左營。

軻比能看到從四面八方殺出來的漢人軍隊，這才意識到那些野狼是漢人搞的鬼，是漢人發動夜襲前的徵兆。

「全軍迎戰！」軻比能大喊。

三座大營此時卻已陷入混亂狀態，為了能騎上戰馬逃走，鮮卑人竟然互相爭奪起來，還沒有爭奪出個頭尾，漢人騎兵早已殺到眼前，將鮮卑人砍翻或者刺死。

夜色中，不斷傳來聲聲慘叫，淒厲得讓人聽了毛骨悚然。

許攸、陳琳、歐陽茵櫻登上城牆，對高飛報告戰況道：「主公，一切準備就緒，只待主公一聲令下。」

高飛道：「城中給你們留五百人，你們這兩天好好的把守雁門關，在城中靜候佳音吧。」

「主公，我要和你一起去！」歐陽茵櫻請求道。

「不用了，你們就留在城中，一方面照顧好傷患，一方面緊守雁門關，每天派二三百騎兵巡邏，省得有漏網之魚。」

說著，高飛便下了城樓。

許攸、陳琳、歐陽茵櫻走到城牆邊向外眺望，但見高飛帶著兩千五百騎兵迅速的駛出雁門關，朝著混亂的鮮卑大營去了。

鮮卑大營裡。

軻比能穿戴好一切，急忙走出大帳，見到西北方火光一片，不僅如此，就連正北方向也是一片大火，西南、東南、正南皆有漢軍人影攢動，黑暗中尚有許多士兵在搖旗吶喊，正從夜色中不斷的駛出，弄得他不知道漢軍到底有多少人，只覺得到處都是敵人。

「單于，我們被包圍了，左營、右營的部族首領都在部下勇士的保護下開始逃遁了，我們的戰馬損失了接近一萬匹，大夥都驚慌不已，現在該怎麼辦？」雅丹提著一把帶血的彎刀，策馬從一旁趕了過來，道。

軻比能當機立斷，對身邊的號角手道：「吹響號角，全軍撤退，東北方向似乎很平靜，看來漢人漏掉了一個方位，速速聚攏全軍，朝東北方向撤離，那些漢人的工匠統統殺掉！」

雅丹道：「單于，那些工匠交給我吧，就讓越吉保護單于突圍，事成之後，我率部跟隨單于一同離去。」

話音落下，只見越吉、素利各自帶著部下聚集過來，見軻比能安然無恙，鬆了口氣道：「單于沒事，真是太好了，現在到處都是漢人，厥機、彌加正在奮力迎戰，請單于速速突圍。」

軻比能看了眼雁門關，悔恨地道：「諸部族不能同心協力共同禦敵，以至於此次攻打雁門關功敗垂成，乃我一生之恨。我軻比能對天起誓，有生之年，若不能使得鮮卑各族完全聽命於我，我絕不再冒然南下。」

說罷，軻比能左手握著彎刀的刀刃，用力一拉，將手掌劃出一道長長的血痕，鮮血立刻湧出，一滴一滴的滴到地上。

越吉、素利、雅丹三人深受感動，他們在軻比能身上看到的是堅毅不屈的精神，正是這種不甘於現狀、不甘於平凡的舉動，才使得他們死心塌地的跟著軻比能，因為他們出身低微，只不過是草原上的牧民而已，如今卻能當上部族的首領，已經是此生最大的榮耀了。

「越吉、素利，你二人保護單于突圍，向東北方走，之後回到馬邑，再積蓄力量，我隨後便會趕來。」雅丹叮囑道。

「嗯，有我二人在，單于就不會有事。」越吉、素利齊聲答道。

雅丹辭別軻比能，調轉馬頭帶著人走了。

此時，撤退的號角聲被吹響了，悠揚的號角聲顯得很是嘹亮，傳遍整個曠野，使得在雁門關上的人也能聽得仔仔細細。

雅丹帶著百餘親隨來到位於中營的一處工匠坊，看到數百漢人工匠全部聚集在一起，都是一臉的畏懼，皺了下眉頭，想道：「這些工匠都是單于從四處搶掠而來的，此時若是全部殺掉，實在可惜，可是，若不殺掉他們，他們必然會洩露我軍的秘密，為了鮮卑大業，姑且做一次犧牲，就算以後沒有攻城武器了，我們大鮮卑也會一樣一馬平川的。」

「全部殺掉，一個不留！」雅丹一聲令下之後，和身後的百餘親隨便舉刀任意殺戮著這些漢人工匠。

此時，數百漢人工匠一見鮮卑人大開殺戒了，都紛紛四處逃竄，可是每個人四散開後，又被鐵鍊給帶了回來，使得誰也沒能跑走，只能眼睜睜地在那裡等死。

雅丹和親隨們連續殺了一百多人時，發現一支漢人的軍隊正向這邊而來，火光中，一員大將舞刀拍馬，來的正是張遼。

他帶著四千騎兵殺入中營，一入營，便按照原先擬定的作戰計畫，將四千騎兵以百人小隊分開。本來是一股兵力，瞬間便成了四十個小分隊，在營中往來衝突，沒有固定地點，走到哪裡殺到哪裡，目標卻是軻比能所在的中軍大營。

鮮卑人不明所以，見到處都是漢人，以為被包圍了，加上之前馬匹攢動跑走了不少，弄得這些鮮卑人都人心惶惶的，沒了戰心，一聽到撤退號角時，紛紛顧著逃命去了。

「雅丹！」張遼看見雅丹正在揮刀砍殺漢人工匠，他舉著大刀快速奔了過去。

雅丹聽到張遼一聲大喊，夜色中難以辨清對方面容，便吼道：「來者何人？」

「大漢燕國驍騎將軍，雁門馬邑張遼是也！」

雅丹聽後，不禁心頭一顫，立刻道：「張遼來了，快撤退！」

呂布經常率領張遼、高順出塞，或者有時候直接委派張遼、高順出塞，在多次攻打鮮卑人的戰鬥中，張遼的名聲在鮮卑人心中僅次於呂布，和高順並列。

雅丹看不清張遼帶來了多少人，但是看到火光中顯現出的一臉凶相的張遼模樣，他整個人就有點害怕了，怕自己帶的百餘人根本不足以對付張遼。

在敵我不明的情況下，他不會輕易犯險，畢竟他的長處不是武力，也擔心自己打不過張遼，便急忙吼叫了一聲。

呼啦一聲，雅丹率領的百餘人全部撤退了，不等張遼趕到就跑得無影無蹤。

張遼見雅丹跑了，他也不追，看了一眼那些被殺死的工匠，都感到十分惋惜。

「全部下馬，將這些人全帶出去，好好保護他們。」張遼喊道。

「將軍，那你呢？」

「不用管我，我去中軍大帳和其他人會合。」說罷，張遼大喝一聲，奔馳而去。

那些漢人工匠看著遠去的張遼，紛紛議論道：「他就是張遼，竟然是如此年輕的後生……」

高飛帶兵殺入鮮卑大營，鮮卑大營已經從混亂不堪中解脫出來，清一色的一邊倒，紛紛撤退，那些沒有馬匹的，只能留下來進行抵擋，可是士氣低落又不善於步戰的他們，只能成為任人宰割的魚肉，面對燕軍騎兵，顯得弱不禁風。

臧霸、魏延、太史慈、李鐵都在進行浴血奮戰，殺得鮮卑人昏天暗地，經過高飛、張遼等人的合力攻擊，將三座大營裡留下來的三萬鮮卑人全部俘虜了。

臧霸由於遠道而來，士兵困頓，馬匹疲勞，不宜長途奔襲，高飛便讓臧霸和李鐵統領的騎兵交換，讓李鐵統領臧霸帶來的一萬騎兵，讓臧霸統領李鐵的部下，跟著他一起向東北方向的駱駝谷趕了過去。

魏延、太史慈、張遼率部下緊跟高飛而去，李鐵則將俘虜帶回雁門關，留下來負責清掃戰場。

軻比能在越吉、素利的保護下往東北方向撤去，厥機、彌加跟在後面，雅丹也脫離了鮮卑大營，跟在最後面。

一行人帶著殘軍一路向東北方向奔馳，奔走了五六里，發現前面扶羅韓和其他部族的首領們都聚在一起，一條大路上塞滿了人，軻比能見狀，策馬趕了上去，喝問道：「前面發生了什麼事？」

扶羅韓等人見軻比能來了，都急忙讓開了道路，他們看到漢人朝軻比能的大營殺去，本以為軻比能會陷入苦戰，哪知軻比能竟然好端端的回來了。

「前方遇到漢人阻隔了道路，無論怎麼衝殺，就是無法突圍，我們的刀箭對那些漢人根本沒有用，他們全身披著盔甲，道路中間還有亂石堆放，馬匹根本無法通行。」一個鮮卑大酋抱怨道。

「那你們就乾坐著？都是一群廢物！讓開！」

軻比能懶得和這些人廢話，打仗的時候誰都不肯出力，逃跑的時候卻那麼積極。眾人抵擋不住軻比能的囂張，就連扶羅韓也無話可說，直接讓開一條路，讓軻比能帶人過去。

扶羅韓看到軻比能的背影，心中盤算道：「這次是個機會，軻比能越是囂張，他就越得不到眾人的心，而且現在又功敗垂成，回到草原後，我就蠱惑步度根討伐軻比能……」

軻比能率眾一行人來到隊伍的最前面，赫然看到陳到率領的五千重步兵堵在那裡，中間還隔著幾米的亂石。

此時，月光衝破雲層，大地一片皎潔，讓人將夜裡的一些事情看得很清楚。軻比能看著前面擋住去路的漢人，便問道：「領軍的人是誰？」

「聽說是燕雲十八驃騎之一的陳到，是燕侯帳下少數有領兵才能的大將。」素利答道。

軻比能看了陳到一眼，感慨道：「沒想到此人居然如此年輕……」又看了看周圍的情形，見這是一條三岔路，陳到堵住了其中一個路口，他們占據了一個路口，只留下一個去西北方的路口。

軻比能看了一眼西北方，一眼望去，甚是平靜，便道：「西北方是通向哪裡？」

「正前方被堵住的可以直通馬邑，西北方向是個彎路，似乎是往偏關方向，但是也有路通達馬邑，就是繞點彎子。」越吉答道。

軻比能看到死在亂石堆裡的鮮卑人，見到那嚴陣以待全身覆甲的士兵，吩咐道：「走偏關方向，繞路回馬邑，既然衝不過去，就不衝了，趕緊回到馬邑才是正事。」

「是，單于，我這就傳令！」

確認了前進的方向，軻比能便帶著自己的部隊在前面，讓其他的部眾都跟在後面，朝偏關方向走去。

陳到看到鮮卑人朝偏關方向趕去，露出笑容，想道：「主公神機妙算，軻比能果然走了那條路。」

他們走了以後，陳到這才吩咐人清掃戰場，並且抄小路趕赴駱駝谷。

陳到剛走，高飛便帶人趕了過來，看到地上殘留的馬蹄印，高飛便做出了判斷，笑道：「上鉤了，我們抄小路趕赴駱駝谷。」

# 第四章

# 逼入絕境

堵在通道中的士兵，組織起嚴密的防護網，使得這個地方牢不可破。周倉拎著鋼刀直殺得鮮卑騎兵人仰馬翻。戰鬥打起來了，高飛知道軻比能毫無降意，便下令放火，並且用巨石隔斷了兩個山谷的聯繫，想把軻比能逼入絕境。

軻比能帶著殘軍沿著那條路一直向前走了十里，當他看見有一條岔路口時，臉上便是一陣歡喜。

可是，這陣歡喜還沒有來得及享受完，便突然聽見喊殺聲四起，從道路兩邊的高崗上滾下了許多大石，全身覆甲的士兵再次出現，這次不是堵住去路，而是發動突襲，直接從左右兩側夾擊。

與此同時，在道路岔路口的一邊，一頭頭冒著綠光的野狼擋住了去路，一個個齜牙咧嘴的，露著白森森的獠牙。

軻比能嚇得慌不擇路，立即策馬朝那條沒有被堵住的路口走了過去。

天色微明，軻比能等人又累又睏，好不容易逃了出去，這才發現他們進入的地方是一條彎彎曲曲的道路，他急忙問道：「這條路通向什麼地方？」

眾人都搖頭說不知道，他們確實不知道，許多鮮卑人還是頭一次深入漢人的領土裡，根本不知道這一帶的地形。

「單于，我們現在該怎麼辦？」雅丹趕了上來，問道：「前方道路不明，要不要回去？」

「回去？自找死路嗎？前進！」

「前進？可是前方道路不明，我怕……」

「怕什麼？這一帶即使有山谷，也都是小山谷，既然有小路，就有出路。」

「單于，我覺得還是問一下才好，軍隊中，必然有上了年紀的人知道這是什麼地方，要不屬下找一個來問問？」

軻比能也有點擔心，便點點頭。

雅丹進了軍隊，連續詢問了十幾個稍微年長的鮮卑勇士，依然沒有得出答案，正當他心灰意冷之時，卻見一個鮮卑勇士道：「前方似乎是駱駝谷，這是一條小路，雖然道路彎曲，但是可以直通馬邑。」

一聽到這個好消息，雅丹立刻去向軻比能彙報。

軻比能歡喜道：「錯有錯著，真是上天保佑，傳令下去，全軍前進。」於是，軻比能帶著殘餘的九萬多鮮卑人，馬步混雜，開始向駱駝谷進發。

半個時辰後，天色大亮，軻比能一行人終於進入了駱駝谷。

一進駱駝谷，軻比能等人眼前便豁然開朗，他們沒有想到駱駝谷內地面平坦，道路也很寬闊，跟來時的小路完全成反比。

駱駝谷之所以被稱為駱駝谷，原因很簡單，那就是因為這座山谷像是駱駝背上的兩座駝峰，在偌大的一個空曠山谷裡，四周都是一二十米高的山地，在山谷中間則矗立著兩座高聳的小山，完全和其他地方不相容，乍看之下，果然如同兩座矗立的駝峰。

「哈哈哈，沒想到這裡還有這樣一個地方。」軻比能喜道。

「單于，大軍走了連續一夜，這裡又空曠無比，是否讓所有人都在這裡暫時歇息歇息？」雅丹問道。

軻比能也確實累了，當即說道：「嗯，也好，讓大家都進來休息，就算有追兵，利用地形的優勢也能固守這裡。」

命令隨即下達，九萬多人陸陸續續的進入了駱駝谷，人困馬乏，一經停了下來，便像散了架一樣，東倒西歪的，三五個聚在一夥，躺在地上。金色的陽光照在身上，暖洋洋的，讓人不知不覺便進入了夢想。

不知道過了多久，雅丹從前面探路歸來，來到軻比能身邊，道：「單于，前方又有一條曲曲折折的小路，是通往馬邑方向的，我走遠些看了看，並沒有發現什麼人，看來漢人真的沒有跟來，也沒有在此處設下埋伏。」

「嗯，那就好，讓人好好的休息休息，再過半個時辰再離開這裡。」軻比能道。

「是，單于。」

軻比能站在那裡，看了眼不遠處的扶羅韓，心中想道：「回到草原上，就是你殞命之時，漢人有句話，叫做一山難容二虎，我到現在才明白這個道理，如果不是你在中間搞鬼，我現在應該早已經在雁門關內了。」

又休息了一陣子，軻比能也有些累了，九萬多鮮卑人，七萬多匹戰馬，都在駱駝谷裡安靜地休息著。

「咚！咚咚！咚咚！咚咚咚！」

突然，一通極有規律的戰鼓聲被敲響了，駱駝谷上方的山地上豎起了許多旗幟，緊接著，從駱駝谷的兩條小路上湧出燕軍士兵，直接堵住了道路。

高飛英姿颯爽地站在高處，望著駱駝谷裡驚恐萬分的鮮卑人，哈哈大笑道：「軻比能，我等候你多時了。」

駱駝谷內的鮮卑人看到周圍都被漢人給包圍了，所有的鮮卑人都背靠背的站在一起，一個個的臉上都是驚恐之色。

軻比能環視一圈，這才意識到自己掉進了漢人的圈套之中，悔恨、懊惱都不足以形容他的心情。

「單于，請下令突圍吧。」雅丹道。

軻比能道：「漢奴實在太狡猾了，沒想到這麼輕易就讓我們置之於死地當中，我不甘心……」

「軻比能，你已經沒有退路了，唯一的出路就是率部投降，否則，只能葬身在這駱駝谷內！」高飛喊話道。

「我鮮卑只有戰死鬼，哪有投降奴！你們這些漢人才會卑躬屈膝，就算帶到草原上，你們連奴隸都不配做！」軻比能雖然身處險境，仍然豪氣干雲，說出來的話鏗鏘有力。

高飛抬起手，身邊的人立刻揮動著一面小紅旗，向西面八方打著旗語。

駱駝谷呈現雙葫蘆形，兩頭和中間窄小，中間比較寬闊，管亥、周倉、王文君緊守駱駝谷的北端出口，周倉守在中間通道，太史慈、魏延、臧霸守在南端出口，旗語一經打出，各處兵力紛紛將荒草、乾柴、毛氈等易燃的東西拋向山谷中。

雅丹看見燕軍的行動，立刻會意過來，臉上一陣驚慌，急忙對軻比能道：「單于，漢奴似乎準備用火攻……」

「火攻？」

軻比能見靠近岩壁的地帶都被易燃物覆蓋，只要有一絲火苗攢動，整個山谷周圍便立刻會形成一道火牆，到時候馬匹就會受到驚嚇，在驚慌失措之下，就算燕軍不放一箭，也能使九萬多鮮卑人受到極大的傷害。

他將越吉、雅丹、素利、彌加、厥機五人聚集在一起，道：「一會兒你們率領各部士兵，隨我一起衝殺出去，集中所有兵力猛衝一點，出谷的道路雖然窄小，但是可以容下五匹戰馬並列，就算死，也不能死在漢奴的土地上，要回到草原上，接受天神的懲罰！」

「是，單于。」眾人齊聲道。

雅丹望了眼遠處的扶羅韓，便道：「單于，扶羅韓和東部的其他部族都在那個山谷裡，燕侯和張遼站在山谷和山谷的連接點上，萬一落下巨石，阻斷道路，那扶羅韓他們可就……」

「這是他自找的，我們尚且顧不來自己了，哪裡還有閒心理會他們？只要我大難不死，回到草原上，五年之內，我必要統一整個鮮卑，然後再率領雄師南下，問鼎中原。」軻比能雄姿勃發，自信地道。

「我等願意誓死保護單于突圍！」雅丹、越吉、素利、彌加、厥機五人齊聲道。

軻比能道：「有你們的支持，我們一定能夠率部突圍而出，上馬，突圍！」

高飛望著被包圍的鮮卑人，再次朗聲道：「我只說最後一次，願意投降的請火速向南端出口走，不願意投降的，就別怪我無情了，一會兒就要放火燒谷了。」

「別燒，別燒，我投降！」扶羅韓聽到高飛的話，頓時叫道。

「我也投降……」

「我等皆願投降！」許多部族首領異口同聲地道。

一瞬間，在山谷南邊的東部鮮卑等五萬兵馬都表示願意投降，而在山谷北端的軻比能諸部則上了馬背。

高飛對身後的一個親兵道：「傳令太史慈，但凡前來投降的，全部收繳他們的武器、戰馬，交由專人看管，以免鮮卑人耍詐，不服從命令的，可以讓他殺掉。」

「殺啊……」軻比能跨上馬背，彎刀向前一揮，大聲地喊著。接著萬馬奔騰，全部向北端的出口衝去。

管亥、王文君指揮著士兵先用弓箭射擊，等到鮮卑人靠近之後，紛紛換上連弩，朝山谷下密集的射擊，一時間衝在最前面的鮮卑騎兵還沒有靠近岩壁，就已經人仰馬翻了。

周倉也早已做好了準備，他和管亥、王文君隱匿在此好幾天，為的就是等待這一刻，他感覺自己好久沒有打過仗了，手中握著鋼刀，前面盾牌擋住，見五匹戰馬並排衝來，他便吩咐部下迎戰。

「砰！」一聲巨響，鮮卑人的馬匹撞在周倉所防守的人牆上，立刻將最前面的士兵給撞飛，或者胳膊撞得脫臼。

一經近身，短兵相接，鋼刀和彎刀對對碰，摩擦出不少火花。

堵在通道中的士兵，最後面的則紛紛射箭，配合著前面的士兵進行戰鬥，組織起嚴密的防護網，再加上半空中管亥、王文君的連弩給予支持，使得這個地方牢不可破。

周倉拎著鋼刀猛砍猛殺，直殺得鮮卑騎兵人仰馬翻。

戰鬥打起來了，高飛知道軻比能毫無降意，便立刻下令放火，並且用巨石隔斷了兩個山谷的聯繫，想把軻比能逼入絕境。

南端的山谷那裡，扶羅韓率領眾位部族首領前來投降，向太史慈參拜道：

「參見將軍。」

太史慈一臉的冷漠，道：「凡是投降的，全部解下兵器、戰甲，留下馬匹，然後沿著這條路向回走，走不到五里路，自然有人接待你們。」

扶羅韓之所以投降，是有自己的如意算盤的，他想先投降漢人，然後出了山谷再另做打算。此時他聽到要將所有的武器裝備，甚至馬匹都留下，心裡便有點悔意，問道：「我們鮮卑人習慣了在馬背上生活，我們可以把彎刀放下，但能否讓我們帶著弓箭騎著馬……」

「呵呵，當然可以。」太史慈笑道。

扶羅韓和各部族一聽，紛紛向太史慈鞠躬道謝，卻聽太史慈說道：「能那樣通過這裡的，只有死人！」

眾位部族首領的臉上立即變色，眼裡充滿了怨恨，瞪著扶羅韓。可是，他們現在也無能為力，若是展開戰鬥的話，光那些高處站著的漢人弓箭手就能把他們全部射殺在這裡。

扶羅韓很是懊惱，見如意算盤落空，也只能將錯就錯，第一個帶頭解下身上的武器和戰甲，於是，鮮卑人無論貴賤紛紛效仿，最後以兩人一列，排著隊伍，認命地穿梭而行。

此時，臧霸、魏延帶領著各自的部下遠去，到五里外較為空曠的地方接收俘虜。

駱駝谷的北端，熊熊大火衝天而起，火勢一經燒著，在地上鋪放的黃磷便成了導火線，很快便蔓延到整個山谷，弄得戰馬都受到了驚嚇，四處亂竄。

軻比能騎著一匹上等的良馬，強行控制住馬匹，見到處都是火，立刻策馬奔到前面，對負責衝陣的素利道：「還沒有衝出去嗎？」

素利道：「漢人防守實在太嚴，道路又太窄，騎兵的優勢根本無法發揮出來。」

「混蛋！」軻比能大怒道：「越吉、彌加、厥機、雅丹，你們四個隨我一起衝殺過去，我要讓漢奴看看，我們鮮卑人不是好惹的。」

話音一落，便一馬當先，揮著馬刀，朝出口跑了過去。越吉、彌加、厥機、雅丹、素利五人緊隨其後，很快又重新組織起一撥新的攻勢。

軻比能單騎衝陣，彎刀亂舞，所過之處，燕軍士兵皆無法阻擋。

周倉見軻比能親自衝陣，嘴角露出笑容，下令道：「撤退！」

周倉帶領的只有數百人，只負責堅守此處，聽到撤退命令，便邊戰邊退。

高飛、張遼指揮著士兵在山谷上方射擊鮮卑人，將許多還沒有逃走的鮮卑人全部包圍起來。管亥、王文君，立刻用大石頭堵住道路，使得餘下的兩萬多鮮卑人全被堵在山谷裡，不是被燒死，便是被箭矢射死，被燕軍任意屠殺，人畜一個不留。

周倉且戰且退，待退出谷口，便帶領士兵一哄而散。軻比能也不去追擊周倉，而是帶領部下迅速集結起來，粗略的數了數，才帶出來一萬多騎。

「呼，總算出來了。」軻比能長出了一口氣。

「哈哈哈！軻比能，這次我看你到底要跑到哪裡去！」

話音一落，但見張郃率領鐵浮屠堵住了去路，左邊殺出陳到，右邊殺出李玉林，周倉則和李玉林合兵一處，將軻比能三面圍定。

軻比能見自己被三面圍定，而且對方都是全身覆甲的重步兵和重騎兵，尤其是重騎兵，每十匹戰馬連成一線，死死地擋在正前方的出口處。

「這是什麼騎兵？」軻比能看到對方的騎士全副武裝，就連馬匹也披上了馬甲，馬頭上戴著的馬甲還有一處高高豎立的尖錐，鋒利無比，看上去和獨角獸差不多。

「**這是……這是鐵浮屠？**」雅丹見多識廣，可他也不敢確定，只聽說燕軍打造了一支戰無不勝的鐵甲衛隊，以鐵浮屠最為厲害。

「鐵浮屠？」軻比能恨聲道：「殺出去！不管是什麼鐵浮屠，都無法阻擋我前進的道路，越吉！」

「單于有何吩咐？」越吉手持烏金彎刀，胯下騎著一匹棗紅駿馬，目光犀利，顯得甚是威武。

「率領你的部下隨我一起殺出去！其餘人在後尾隨！」軻比能道。

張郃見軻比能寧死不降，便道：「胡虜冥頑不靈，主公有令，不可放過一個胡虜，全部殲滅！」

「殺！」軻比能與張郃異口同聲地叫了出來。

一聲令下，號角聲、戰鼓聲同時響起，三面全身裹覆著鋼甲、手持鋼製武器的重裝步騎兵開始向中間聚攏。

軻比能、越吉以及身後三百親隨，一馬當先朝張郃所指揮的鐵浮屠衝了過去。

張郃從面甲上的縫隙裡看到軻比能、越吉衝過來，他雖然想單獨上前殺敵，可是因為所有的戰馬都用鐵索連成了一體，只需緩慢向前推進即可。

李玉林跑到山坡頂端，發出一聲清嘯，但見山坡後面的樹林裡，數百隻鳥騰空而起，向山谷這邊飛了過來，看見鮮卑人的騎兵時，打頭的海東青便俯衝下去，海東青身後的各種猛禽紛紛效仿。

海東青不愧是空中的霸王，俯衝而下，用牠的利啄朝鮮卑人的臉上一啄，立刻啄瞎了一個人的眼睛。接著，用牠鋒利的爪子在鮮卑人的臉上一陣狂抓。

「哇……」百鳥襲人，場面十分的壯觀，弄得那些騎在馬背上的鮮卑人紛紛墜馬，舉著手中的彎刀在空中胡亂的揮砍。

軻比能剛衝出去，便聽見後軍一陣慌亂，數百隻鳥在空中盤旋，之後俯衝而下，猛啄人臉，弄得身後騎兵慘叫連連。可是，他已經沒有功夫去管這些事了，他現在一心只想突圍而出。

「砰！」鮮卑人和鐵浮屠撞在一起，但是鐵浮屠毫髮無損，倒是衝在最前面的鮮卑人人仰馬翻，戰馬兩側綁著的長槍穿透了不少鮮卑人的身體，那些騎在馬背上的燕軍將士則用手中長長的長標進行突刺，真可謂是長槍如林。

越吉手持烏金刀，那刀鋒利無比，削鐵如泥，他見縫插針，從馬背上跳了下來，馬匹被鐵浮屠的長槍插死，他卻借勢躲進了戰馬和戰馬之間的縫隙中，揮動著烏金刀，砍在一個騎兵的厚厚鋼甲上。

「嗤啦！」一聲刺耳的金屬摩擦聲響起，讓人鼓膜生疼，但見厚厚的鋼甲上出現一條長長的劃痕，那烏金刀所過之處，現出了一條刀砍的印記。

「去死！」騎士心驚膽顫，舉起長標，猛然向下刺殺越吉。

「噹！」越吉用烏金刀撥開長標，刀走偏鋒，借勢向上滑去，手起刀落，一隻手便脫落了身體，鮮血立刻噴湧而出。

「啊——」騎士慘叫一聲，手中的長標隨同斷掉的手掉到地上，他左手急忙抽出腰中懸著的匕首，剛要刺向讓他斷手的越吉，卻不想越吉出手很快，又在鋼甲受損的位置上補了一刀，鋼甲承受不住再次重創，直接斷裂，緊接著一股鮮血順著斷裂的鋼甲湧了出來。

「三哥！」騎士的後面，另一個騎士見狀，大叫了一聲，長標也迅速出手，刺向越吉。

越吉縱身跳起，看見被他砍傷的騎士脖頸處的頭盔和身上的鋼甲並不銜接，眼睛立刻冒出精光，朝那騎士的脖頸處揮了一刀，一顆人頭頓時落地。他則順勢蹬了一下戰馬間拴著的鐵鍊，朝第二排翻滾了過去。

「好樣的！」軻比能看見越吉瞬間便殺死了一個敵人，大聲叫好道：「燕軍並不可怕，殺啊！」

鐵浮屠向前緩慢推進，勢不可擋，可是鮮卑人也都學著越吉紛紛下了馬背，穿梭在馬匹與馬匹之間，看準時機，便對馬背上的重裝騎士進行斬首行動。頓時，前排的十名騎士紛紛戰死，第二排的騎士也岌岌可危。

「還我三哥的命！」第二排的一個騎士看見自己的三哥被越吉所殺，將攻擊方向對準了越吉。

可是，短兵相接，騎士並不占上風，那聲音還在空中傳播，人頭便已經被越吉砍了下來。

張郃在騎兵的第三排，看見越吉如此勇猛，立刻下令道：「全部停止前進，將馬匹聚攏，不要給胡虜留有一點空隙！」

命令一下，戰馬紛紛靠攏，硬是將越吉給擠了出去，其他人也無法再見縫插針，鐵浮屠瞬間變成一堵鋼鐵之牆。

軻比能也同時下令停止前進，和前方的鐵浮屠只相隔兩米遠，兩軍都在等待著什麼。

「前進！」張郃大喊一聲，鐵浮屠再次前進，只是這一次卻是以鋼鐵之牆向前推進，前排士兵用長標紛紛刺向最前面戰馬的屁股，讓那十匹披著戰甲的戰馬立刻發瘋似的向前狂奔，撞死了十幾個人。

兩側，陳到、周倉的重步兵也接近敵人，鋼刀出手，戰甲為盾，從兩側擠壓過去。

軻比能見狀，剛才的氣勢已經沒有了，他面對的根本不是士兵，分明是一堵巨牆，看見前面鐵浮屠銳氣不可擋，他只能慢慢地後退。最後，三面合圍，硬是將軻比能堵了回去，再次讓他們回到窄小的山道中。

「轟隆隆！」一塊塊巨石從天而降，窄小山道的兩側站滿了士兵，高飛、管亥在左，張遼、王文君在右，指揮著士兵向山道拋下巨石。

張郃、陳到、周倉、李玉林則是死死的堵住了出口，來一個殺一個，來兩個殺一雙，使鮮卑人根本無法突圍而出。

越吉恃勇衝陣，身後部下全部戰死，他自己也陷入了鋼甲洪流之中，最後被陳到、周倉指揮的重步兵活活砍成了肉泥。

**前無去路，後無退路**，軻比能和所有的鮮卑人叫天不應，叫地不靈，只能不斷地向天神祈禱，結果**等待他們的卻是死神的降臨**。

「啊——」山道中慘叫聲不斷，素利、厥機、彌加、雅丹接二連三的被巨石砸死，鮮卑人也都傷亡殆盡。

「時不我待……時不我待啊……」

軻比能仰望蒼天，但見一塊巨石當頭落下，他大聲地呼喊著，將手中的刀架在脖子上，狠下心來，刀鋒在脖頸上劃出一道血淋淋的痕跡，在大石落下之前，整個人便摔倒在地上。

「轟！」一聲巨響落下，大地為之顫動，山道中石屑亂飛，塵土瀰漫，再也聽不到任何的聲響，人、馬盡皆喪命於此。

高飛仰望蒼天，看了一下太陽的位置，不知不覺竟然已經正午了，這場伏擊殲滅戰，毫無懸念的結束了。

他走到峭壁邊，環視山谷上下的士兵，臉上浮現出安慰的笑容。

「結束了！一切都結束了！」高飛發自內心喜悅地喊著。

「主公威武！」所有將士都發出了吶喊，聲音響徹山谷，直衝雲霄。

雁門關內，大獲全勝的燕軍將士齊聚一堂。

燕軍以七萬五千人對付鮮卑人的十五萬大軍，取得了駱駝谷大捷，以少勝多，俘虜八萬六千餘人，殲敵六萬多人，繳獲戰馬七萬多匹，箭矢更是不計其數。

不僅如此，鮮卑大單于步度根以及東部鮮卑以扶羅韓為首的各部族首領都統統成了俘虜，**這是東漢王朝對外戰爭中有史以來的第一次大勝利，也極大的削弱了鮮卑人對並州、幽州的邊塞威脅**。

與此同時，烏桓部族首領丘力居率二十萬烏桓騎兵出塞，橫掃整個東部鮮卑，並且將後方虛弱的中部鮮卑也予以了重創，俘虜牛羊三十萬頭、人口二十六萬、馬匹十七萬匹、武器、財寶無數，悉數運抵雲州，按照高飛的指示，分批進行塞外城池的修建工作。

雁門關裡，高飛決定親自接見被俘虜的步度根、扶羅韓等人。

「侯爺乃是神威天將軍，天下無雙，我等蠻夷小兒不是侯爺對手，還望侯爺格外開恩，放我等歸去，我等必然率領部族前來歸降，生生世世以侯爺為尊，絕不背棄。」步度根一進大廳，便跪在地上向高飛祈求道。

扶羅韓等人也都跪在地上，紛紛求道：「願神威天將軍放我等歸去，我等願意生生世世以侯爺為尊。」

高飛道：「就算放你們回去，你們也找不到你們的部族了，因為東部鮮卑四五十萬人，一半被我俘虜回來了，另外一半則依附到中部鮮卑，並且連同中部鮮卑的牧民向西遷移了，現在，並州、幽州以北的塞外草原都是空蕩蕩的，你們已經無家可歸，還回去幹什麼？」

眾人聽後，都是一臉大驚，整個鮮卑就數東部鮮卑的人數最多，差不多有六十萬，是鮮卑族人口的一半，**他們做夢都沒有想到，跟著軻比能一起南下攻打漢人，反而被漢人收拾掉了家園。**

「來人啊，除了步度根以外，其他各部族首領，全部拉出去問斬。」高飛對門外喊道。

「啊……」扶羅韓和其餘部族首領都是一臉的驚恐，還沒有來得及做出反應，便被早已等在外面的士兵拉了出去，手起刀落，任由他們如何叫喚，都無濟於事了。

「哇啊——」一聲聲慘叫聲從大廳外傳了進來，步度根嚇得面如土色，冷汗直冒，渾身發抖。

步度根緊繃著的神經一下子崩潰了，不住地磕著頭求饒道：「求侯爺不要殺我，我願意為侯爺做任何事，只求侯爺饒我一命，我不想死……」

高飛見步度根害怕的模樣，嘖嘖道：「檀石魁的後代竟然是如此熊樣，難怪鮮卑人在檀石魁死後便陷入部族混戰，相互分裂的狀態……你放心，我要是想殺你的話，何必等到現在？你是鮮卑的大單于，至少在草原上，只有你一個人敢這麼稱呼，我現在留著你還有用，你就暫時在雁門關當一個普通的老百姓好了，等我用你的時候，你要隨傳隨到。」

步度根連連叩頭道：「多謝侯爺不殺之恩，多謝侯爺不殺之恩。」

高飛擺擺手，示意步度根可以退去了。

歐陽茵櫻開口道：「主公，雁門關外有八萬多鮮卑被暫時關押著，這些人又該如何處置？」

「鮮卑人殺我漢人，欺我漢人妻女，該殺，屬下建議，全部將其坑殺，以絕後患。」張郃抱拳道。

「主公，屬下有不同意見，屬下以為，這些鮮卑人不宜殺，不如作為奴隸，開墾荒田，以後產出的糧食也可以作為軍用。」太史慈急於在歐陽茵櫻面前表現自己，因而一反常態道。

此言一出，眾人皆驚，誰不知道太史慈殺俘虜是出名的，現在卻聽到太史慈說不要殺俘虜，讓人覺得很不可思議。

「鮮卑只會放牧、狩獵，怎麼會種田？就算教他們，他們也未必肯學，不如殺了，一了百了。」張郃態度堅硬，瞪了太史慈一眼。

「不該殺，應該做奴隸！」

太史慈也十分堅持，兩人針鋒相對起來。

「殺！」

「不殺！」

「殺！」

「殺你個大頭鬼！」太史慈見張郃處處跟自己做對，氣憤地道：「你幹什麼老是跟我做對啊？」

張郃道：「意見不同而已，你何必動怒？殺不殺都由主公做主。」

其餘人都對這兩個活寶感到很無奈，只要一見面，就會發生口角，不管是什麼事，兩人都能吵得天翻地覆。

最後由高飛仲裁道：「好了，都少說一句。每個人都可以陳述意見，但是不宜爭吵。那八萬多鮮卑人都是戰士，體能肯定很好，並州多煤礦，我準備在並州境內開幾處礦廠，就讓鮮卑人當礦工，負責開採礦產，將這八萬多鮮卑人全部分散到各地礦廠，交由士兵看管，編上奴隸編號，讓他們當一輩子礦奴。」

「哈哈哈，主公這個主意好，屬下贊同。」歐陽茵櫻爽朗地笑了出來。

「呵呵，我也贊同。」太史慈立即附和道。

「主公，如今鮮卑的威脅已去，鮮卑人更是元氣大傷，短時間內恐怕無法恢復，屬下以為，當務之急是儘快安排各州官員，快速進入休養生息的階段。」王文君道。

高飛點點頭：「韓猛，我命你為並州刺史，威西將軍，率部駐守晉陽，如今並州雖然已經沒有呂布的兵力了，可是西河郡、上郡一帶的匈奴人還有二三十萬人沒有得到良好的解決，我軍也未敢貿然出兵，這件事還需要從長計議，你就操勞一下，反正西河郡和上郡住的都是匈奴人，漢人基本都在太原郡和上黨郡，你只需要治理好這兩個地方就可以了。我已經發出書信，調派辛毗來當並州別駕，輔佐你治理這兩個郡。另外，開礦之事，我會讓人到並州來操辦，你只需把那八萬多鮮卑人按梯次派到礦廠裡就可以了。」

韓猛抱拳道：「諾，屬下遵命。」

「張遼！命你為威遠將軍，率部駐守雲中郡，收復朔方、五原、定襄、雲中的重任就交給你了，另外，你部下的匈奴人，讓他們回到駐地去，向匈奴各部族轉達我的友好之意，如果能像利用烏桓人一樣利用匈奴人，那就更好了。」

「諾！屬下明白。」

「臧霸，命你為威東將軍，你要時刻注意青州動向，必要時，可以從東萊郡的秘密港口進入青州打探消息。」

「諾！」

「太史慈，你率部回薊城，薊城乃我燕國之根本，政令中心，人口、財富皆在那裡，不可沒有大將把守。」

「諾！」

「陳到為魏郡太守，魏延為常山太守，張郃為鉅鹿太守，白宇為清河太守，你們幾個迅速返回冀州，一切聽從軍師賈詡的安排。王文君為上黨太守，其餘沒有叫到名字的，全部隨我一起向河內進發，與趙雲、黃忠會合。」

「諾！」

河內，懷城。

黃忠正在校場上練習箭術，將他百步穿楊的技術傳授給身邊的將校，引得眾人聲聲喝彩。

「黃將軍！」

黃忠聽到有人叫他，回過頭，看見趙雲走了過來，便擠出人群，迎了上去：「趙將軍，你怎麼來了？」

趙雲掏出一封書信，遞給黃忠道：「黃將軍，主公六百里加急！」

黃忠見書信完好無損，便知道書信並未拆封，道：「趙將軍，你沒有拆開來看？」

趙雲道：「主公說得很明白，黃將軍是主將，我是副將，這信如果沒有黃將軍在場，我豈能私自拆開？」

黃忠暗自佩服趙雲的品德，將信拆開，然後和趙雲一起閱讀。

兩人看到內容後，臉上都揚起了笑容，道：「太好了，主公在雁門關外大獲全勝，以少勝多，摧毀鮮卑人十五萬大軍，真是可喜可賀啊。」

兩人高興的差點相擁，雖然黃忠的年齡比趙雲要大上一輪，但是他和趙雲之間並沒有代溝。

「走，回太守府，我們開始進行部署，呂布這次可要倒大楣了！」

兩人歡天喜地地離開了校場。

# 第五章

# 良臣擇主

戲志才露出笑容道：「元直與我乃忘年之交，隱在我府中長達兩年，一直在暗中觀察主公，正所謂良臣擇主而事，徐元直有經天緯地之才，十倍於我，我死之後，主公儘管讓元直代替我，他必能幫助主公稱霸中原。」

司隸，河南城。

郭嘉坐在太守府中，手握毛筆，面前攤著一張白紙，正在奮筆疾書。但見洋洋灑灑的數百字一揮而就，筆走龍蛇，蒼勁有力，頗有大家之秀。

「郝萌！」

「軍師有何吩咐？」郝萌身披鐵甲，腰懸利劍，抱拳問道。

郭嘉朝紙張上吹了口氣，待墨跡乾後，將紙折好，然後塞進信封裡，用蜜蠟封口，遞給郝萌，交代道：「你此次押運糧草到軒轅關，把此信交給高將軍，之後你就留守在軒轅關，協助高將軍一起守衛軒轅關。」

「諾！」郝萌接過信，轉身便走。

郭嘉目光流轉，急忙又道：「回來。」

「軍師還有何吩咐？」郝萌轉身問道。

「務必請高將軍按照信中所寫的去執行，此法可暫保軒轅關無虞。」

「諾！軍師還有什麼要吩咐的嗎？」郝萌躬身問。

「沒了，你去吧。」

郝萌拜別郭嘉，朝大廳外走了出去。

出了太守府，他策馬來到城門口，朝城門口一千名押運糧草的士兵喊道：

「出發！」

百餘車糧草和百餘車新打造的箭矢，都在牛、騾馬的拉動下一起向南緩行。

自從呂布在虎牢關以數千兵力擊退曹操數萬大軍後，司隸周圍便進入短暫的和平，二十天過去了，四方之敵沒有任何動靜，這二十天內，呂布所控制的司隸洛陽周圍的幾個縣，卻是怨聲載道。

一方面是呂布的大肆徵兵，另一方面是四處收集各縣百姓手中的鐵器，然後投入到河南城附近的一個冶煉坊裡進行冶煉，最後經過網羅來的鐵匠打造出箭矢。

郝萌騎著馬，押運著糧草和箭矢緩緩向南東南駛去。

他是呂布帳下八健將之一，在和曹性、李封跟隨高順進攻鄴城北門時，不幸被箭矢射中，受了重傷，一直養傷到現在，直到前兩天身體才有所好轉，但是胸口上的傷口還是會隱隱生疼，只能做些押運糧草的簡單事情。

向南緩行了十幾里，郝萌便下令停在路邊暫停，讓拉車的牛、騾馬先歇息一會兒。

中原少馬，押運糧草也湊不齊騾馬，只能牽來百姓的耕牛代替，所以行程很慢，經常走走停停。

郝萌跳下馬背，走到一棵大樹下，一屁股坐了下去，打開水囊，咕嘟咕嘟的喝了幾口水，才解去喉嚨中的乾燥。

他極目四望，見部下這些新兵蛋子個個都沒精打采的，而且走了才一會兒就累得不成樣子，搖搖頭，自言自語道：「若是照以前的軍容，何愁不能獨霸中原？這些新兵都是些農民，上不了馬，射不準箭，真要是拉上戰場，十個也不一定打得過別人一個……」

「嗖！」一支鋒利的箭矢筆直地朝著郝萌射了過來，從他頭頂上擦過，將他的盔纓射在了背後的樹根上。

「錚！」箭矢還在微微顫動著，郝萌一臉驚訝，這支箭矢來得太快，他絲毫沒有防備。

扭過頭看去，前方的草叢裡竄出一個人，接著一群人竄了出來，每個人的手裡都握著一張長弓，背後背著箭囊，腰中懸著短刃。

「你他奶奶的想找死！」郝萌看見為首的人，竟然是曹性，憤怒地罵道。

曹性負責召集新兵、訓練新兵，他箭術高超，經常帶著人到荒山野嶺進行箭術訓練，今天他帶人準備回河南城，路過此地又累又睏，便倒下休息，哪知遇到郝萌押運糧草剛好經過此地，當即便和郝萌開了個玩笑。

他見郝萌動怒，當即道：「我只是和你開個玩笑而已，何必那麼認真？」

郝萌取下那支插在樹根上的箭矢，用力一掰，那箭矢斷成兩截，他將之扔在地上，指著曹性道：「你小子給我記著，別得寸進尺了。」

曹性原本是郝萌的手下，後來被呂布看中其箭術高超，便提拔他為將軍，和郝萌同列。

他看到以前的老上級動怒了，嘻皮笑臉地道：「別動怒嘛，我這不是開個玩笑，你看看，好好的一支箭，你非要把它弄斷，這樣，我就少殺一個敵人，我們就多了一個敵人啦。」

「少他媽的廢話，老子傷勢沒有痊癒，等我痊癒了，看我不打得你滿地找牙。你別以為你射傷幾個魏軍將軍就了不起了，我現在就要去軒轅關，看我不砍下敵軍主將的人頭來。」

曹性道：「你要去軒轅關？很好，我身後的五百弓手已經訓練的差不多了，每個人的箭術都已經到了一定級別，你就帶他們一起上路吧，去軒轅關幫助高將軍，多殺幾個敵人。」

郝萌看了眼曹性身後的弓手，雖然沒有披甲，身體也不夠強壯，年齡也不相同，但是他很清楚曹性訓練弓箭手的實力，便道：「他們真的訓練得差不多了？」

曹性點點頭道：「完全可以上戰場，我教給他們的都是實戰技巧，射殺敵人最有效。有他們做你的親隨，保證你能在敵人的萬軍之中逃生，而且還能射殺不少追兵。」

郝萌道：「好吧，你回去告訴軍師一聲，我這就走了。」

曹性道：「一路保重。」

郝萌翻身上馬，曹性對那五百弓手吩咐了一番話，便將那五百弓手讓郝萌帶走。

看著郝萌遠去，曹性站在原地，臉上的笑容也慢慢沉了下來，陰笑道：「你不仁，別怪我不義。當初我在你軍中的時候，你對我又打又罵的，現在我一定要加倍的還回來。郝萌，你別怪我，鄴城時，你背後的那一箭是我射的，只可惜沒有要了你的命，這次我可不會那麼輕易的放過你了。」

河南城裡。

郭嘉還在調集糧草，派人分別給文醜、呂布押運。

這時，喀麗絲和林楚一起走了進來，兩人的臉上都帶著笑容，見到郭嘉，便一起拜道：「見過軍師。」

郭嘉看見喀麗絲和林楚一起來了，立刻摒退左右：「我與他們有要事商議，你們都下去吧。」

郭嘉上前握住喀麗絲的手，問道：「事情進展的還順利嗎？」

喀麗絲點點頭道：「夫君放心，一切順利，一千騎兵都在孟津渡口準備就緒，隨時都可以撤退到北岸。」

郭嘉聞言道：「很好，呂布搜羅來的金銀財寶不少，府庫裡的東西經過我們十幾天的努力，也搬運的差不多了，糧食也分出了一批，只要主公帶兵南下，可以立刻派上用場。」

「參軍，黃將軍和趙將軍從河內帶來書信，請參軍過目。」

林楚一直在暗中保護著郭嘉，起初不敢太過接近，生怕遇到呂布，自從郭嘉來到河南城以後，林楚就跟了過來，恰巧趕上徵兵，便名正言順的應徵入伍，成了郭嘉的一名親兵。

郭嘉接過林楚遞來的信，匆匆看了之後，笑道：「鮮卑人大敗，主公雁門關大捷，以少勝多，打敗十五萬鮮卑人，並且烏桓人在丘力居的帶領下橫掃整個東部鮮卑，還重創了中部鮮卑，並州、幽州塞外的草原已經成為無人之地，田豐正率領士孫佑、丘力居、蹋頓等人在草原上選址建造城池，這麼一來，黃河以北已經沒有什麼顧忌了，剩下的就是呂布的事了。」

林楚問：「參軍要如何回信？」

郭嘉想了想道：「你速速回到河內，告訴黃將軍、趙將軍，就說我在這裡準備就緒，只要他們南渡黃河，我隨時接應，按照主公的行程，應該會在兩天後到達河內，最遲三天，必然會南下司隸，到時候，司隸就是呂布的葬身之地。」

林楚道：「諾！」

「對了，你回去之後就不要回來了，曹性已經對你起疑心了，這個人很小人，我必須想辦法除掉他。」

林楚道：「參軍，若有危險呢？」

喀麗絲道：「你放心離去，若有危險，我必救之，我可不想那麼年輕就……哦，對了，那句話怎麼說來著……哦，是守寡。」

林楚笑了笑，拱手道：「參軍保重，林楚回去了。」

郭嘉點點頭道：「告訴黃將軍、趙將軍，主公若要南下，請從孟津渡，自然會有人接應。」

林楚轉身離開了大廳。

喀麗絲道：「夫君，你現在還有什麼擔心的事情嗎？」

「沒了，不過，我最擔心的是你，更擔心的是曹操，聽說曹操又準備攻打虎牢關了，不知道這次主公能否擋住，我可不想曹操先主公一步到司隸來。」

露珠從花草間落下，彷彿少女的淚滴；夜風吹過清冷的夜空，讓人想哭。時已二更，虎牢關內仍舊燈火通明，歡聲笑語無處不在，軍營中男女成雙，那興奮的嘶吼聲，刺激的呻吟聲，響徹整個軍營。

軍營的主帳中，魏續一手抱著一個美人，歡欣的喝著酒，吃著肉，看著帳中諸位將校各自都抱著美人，便道：「夜已經深了，春宵一刻值千金，還請諸位不要浪費哦。」

帳中諸將大多喝得酩酊大醉，辭別魏續之後，便讓美人攙扶著出了大帳。

魏續見眾人離退，吩咐親兵收拾了一下帳中零碎，他自己則帶著兩個美人回到後帳，一把將兩個美人推到臥榻上，一臉色相的道：「小妖精，今夜好好的把我伺候舒服了，不然的話，有你們好看的。」

兩個美人不敢違抗，紛紛搔首弄姿的賣弄起來，將魏續誘惑得欲火焚身。

魏續一把撲向兩個美人，迅速扒光了兩個美人的衣服，看到兩具美麗的胴體展現在自己的面前，便一臉淫笑道：「姐姐死裡逃生，這會兒正和主公在一起，你們兩個跟隨姐姐那麼久，我早已經垂涎三尺了，當初姐姐一直攔著，這會兒可沒人再阻攔我了，今夜我要讓你們兩個小妖精體會一下什麼叫男人……」

說罷，三人赤身裸體的便在床上一番扭動，弄得臥榻咯吱咯吱直響。

此刻，呂布正在自己的房中和結髮妻子魏氏享受著久違的歡愉。魏氏本在晉陽，守將楊醜投降之後，不忍魏氏罹難，便秘密將其藏了起來，而後托人將魏氏送到司隸，算是報答呂布的恩情。

呂布見到自己的結髮妻子，高興之下，便讓士兵在周圍大肆搶掠民女，加上這二十多天來一直平靜無事，讓他備加感到自己的神勇，曹操也毫無動靜，便逐漸放下了戒心。

如今，整個虎牢關內，士兵們搶掠而來的民女足有數千人，平均每個士兵一個還能剩下，將校級別的一般都要兩個伺候，這種日子已經持續三天了，有些性子剛烈的女子，不甘受到凌辱，便自尋短見，但大多數女人因為害怕只好屈就，任由那些男人在她們身上恣意橫行。

虎牢關的城牆上，晉軍士兵在晨霧中悠然地喝著酒，數百個人都是新添的士兵，這些人都是洛陽周圍各縣的地痞，參軍雖然是被迫的，可是也落得逍遙自在。其他人在軍營中享樂時，他們在這裡毫無禁忌的飲酒，完全是一盤散沙。

忽然，眾人隱約聽見有馬嘶聲傳來，不遠處，黑夜當中百餘顆火球向著城牆拋射了過來，一團團炙熱的火焰越過城牆，直接砸在城牆上的門樓裡。

「轟！」一聲聲巨響，火焰四濺，石屑亂飛，用猛火油澆灌的巨石不斷地砸向城樓，將門樓的柱子砸斷。

「轟隆！」一聲巨響，門樓塌陷，將那些酩酊大醉的士兵直接壓在了下面。

數十團火焰飛越過城牆、門樓，落在城中的茅草屋上，城內火光四起。餘下的士兵心頭都是一震，酒意全消，騰身而起，趕忙下了城樓，呼喊著：「走水了！走水了！魏軍發動夜襲了！」

「轟！轟！轟！」帶著火焰的巨石不斷地砸向虎牢關的城牆，曹操騎在馬背上，看著城牆上士兵盡退，抬起手，向前用力一揮，身後早已準備好的李典、樂進、李通、韓浩、史渙等人各自率領士兵向前猛衝。

李典衝在最前面，一到城門下面，便立刻用攻城車砸城門，巨型的圓木在士兵的手中揮舞著，士兵們一起用力，猛烈地推動著圓錐形的滾木，對城門進行著衝撞，不時地發出嘹亮的口號。

樂進、李通則指揮著弓箭手瞄準城牆，只要看見有人露頭，便立刻放箭。可惜的是，他們沒有看見任何一個人，城牆上的士兵早已跑得無影無蹤了。

韓浩、史渙帶著騎兵在後面等著，戰馬躁動，人心興奮，蓄積了二十多天的怨氣終於在這一天要爆發了。

「轟隆！」一聲巨響，城門被砸開了，攻城車迅速向後撤去，前面的步兵立刻鑽了進去，挪開巨型的門閂後，打開城門，魏軍步騎兵魚貫而入。

曹操看到自己的部下進了虎牢關的大門，臉上浮現出一絲笑容。

「哀兵必勝，主公這招以退為進果然起到了妙用，呂布驕傲自大，必然會被主公……咳咳咳……所擒……」戲志才也是一臉的興奮，看到城門破開，便用微弱的聲音說道。

曹操本來還在高興著，聽到戲志才的咳嗽聲，不由得皺起了眉頭，心中想道：「軍師身體一日不如一日，比起二十多天前明顯加重不少，名醫張機所開之藥方也漸漸失效，難道軍師無法撐過今年了嗎？天要奪取我的謀主，今後何人才能擔任我的軍師？」

戲志才輕咳完，喘氣道：「主公，你真的不打算用離間計嗎？」

曹操道：「就連程昱、荀彧都如此推崇郭嘉，就足以說明他有經天緯地之才，我曹操用人，一向要讓其心服口服，如果用離間計的話，我早就用了，又何必等到現在？」

「可是……郭嘉早已經投靠高飛，也未必肯歸降主公……」

「**謀事在人，成事在天，我曹操偏要反其道而行之，就算逆天而行，又有何不可？**天生郭奉孝，即使不為我所用，我也要將他強行留在我的身邊，我要讓他親眼目睹，我曹操比他所投靠的高飛要強上千倍萬倍！」

「主公……主公豪氣干雲，屬下佩服，只是……屬下擔心主公會得不償失，到時候傷心的還是主公，不如趁現在早早將其除去。屬下也知道主公愛才心切，求賢若渴，而我身體一日不如一日，恐怕將不久於塵世。為了主公以後的千秋霸業，屬下一定會竭盡全力，為主公遍訪賢士……咳咳咳……」

「軍師，你身體重要，還是少說話為好。」

「主公，我有句話不吐不快，正所謂人之將死其言也善，我想問主公，是否一定要郭嘉為主公效力？」

「我意已決。」

戲志才嘆了口氣，緩緩地道：「主公，郭嘉少時在潁川雖然號稱『小太公』，也結識了不少名士，可是他畢竟還太過年輕，屬下有一人想舉薦給主公，不知道主公可否願意接納？」

曹操聽後，帶著一絲驚喜，問道：「軍師所舉薦之人，必然是傑出的英才，不知道此人是誰？」

「此人也是潁川俊才，陽翟人，恰和郭嘉是同鄉……咳咳咳……」

「潁川多才俊，天下名士出此地，只可惜如此重要的一個地方卻被袁術給霸占了，倘若我占領了潁川郡，必然能夠網羅更多的人才。」

「主公不必多慮，袁術塚中枯骨，早晚會被主公所擒，潁川雖然在袁術治下，可是袁術並不懂得如何去應用此地的才俊，致使傑出俊才紛紛出走。我今日所舉薦之人，恰恰是潁川中一個傑出的俊才。」

「哦，那我可要仔細聽聽了。」曹操被戲志才勾起了興趣。

戲志才道：「此人幼年學劍，劍術精妙，稍長大後，便行俠仗義，常以仁俠自居。後來他替人鳴不平，將人殺死後逃跑，被官兵捕獲，但他閉口不說姓名。受他恩惠之人盡皆來解救他，經過多方營救脫險，便離開了潁川。他從此棄刀劍，遍尋名師，經過刻苦學習，學業大進，後與我偶遇，我倆一見如故，我便將他留在了身邊。」

「哦？」曹操聽後，急忙問道：「那他現在在哪裡？」

戲志才扭頭朝身後的一人道：「你過來，拜見主公！」

「徐庶參見魏侯！」一個人從戲志才的身後走了過來，當即拜道。

曹操見徐庶甚是年輕，年紀在二十歲左右，卻能受到戲志才如此推崇，便不由得多看了徐庶幾眼。

但見徐庶黑色的半長頭髮貼在腦後和臉的兩側，黑色的眼睛深邃得彷彿宇宙一般放射出神秘的光彩，挺直的鼻梁、紅潤柔順的嘴唇，配上一張瓜子臉，單論相貌絕對是個一等一的美男子。

但是，這並不能完全襯托出徐庶的優秀，因為他的身材同樣的健美挺拔，一身黑色的緊身劍士服將他完美的肌肉展露在外，將近一米八五的身高足以在人群中鶴立雞群。徐庶沒有披甲，只穿著一身雪白的獵裝，在袖口的金色流蘇增添了不少貴氣。

曹操有點看呆了，與這樣的一個美男子站在一起，他有些自慚形愧。再看了看，但見這張沒有半點瑕疵的英俊臉龐上，有著寬廣的額頭，顯示出超越常人的智慧，沉靜中帶著一股文人少有的剛毅，身上卻多了武人所欠缺的冷靜，兩者結合在一起，讓他感到此人深沉得難以捉摸。

戲志才見曹操打量徐庶許久，嘴角露出笑容，輕咳了一聲，道：「元直與我乃忘年之交，隱在我府中長達兩年，一直在暗中觀察主公，正所謂良臣擇主而事，徐元直有經天緯地之才，十倍於我。我命不久矣，只怕難熬過今年，我死之後，主公儘管讓元直代替我，相信他必然能夠幫助主公稱霸中原，平定天下。」

徐庶對曹操並不陌生，他於兩年前來到兗州昌邑，當時正值天下群雄討伐董卓，曹操率部去陳留會盟，只留下戲志才、于禁鎮守昌邑，而他也是那個時候和戲志才結識的。

潁川多才俊，戲志才更是有名之士，徐庶棄武學文，拜訪過多位名士為師，他自幼聰明，有過目不忘之能，學習起來也很快，最長的一次是在荊州，跟隨襄陽名士司馬徽足足學習了半年，有成就之後這才離去。

到了兗州之後，徐庶聽說潁川名士戲志才在昌邑，便前去拜訪，二人一見如故，加上戲志才又竭誠相邀，而他也覺得漂泊下去遙遙無期，便暫時答應戲志才，留在了昌邑。

後來，他見到曹操，聽聞了討伐董卓的事，見曹操不去洛陽爭奪權力，而是席捲敖倉糧草後迅速返回，覺得曹操有先見之明，便開始暗中觀察，最後也確定了跟隨曹操的決心。

一直到今天，他才正式和曹操見面。

曹操打量完徐庶後，又聽到了戲志才的極力推薦，便立刻明白過來，戲志才一開始就想讓徐庶做接班人，所以隱忍了兩年才適時推薦過來。

他求賢若渴，當即翻身下馬，朝著徐庶躬身一拜，說道：「先生可否願意在我帳下做我的謀主？」

徐庶沒有絲毫的猶豫，也沒有絲毫的做作，爽快地答道：「我等此刻，已經兩年了，今日正式拜會魏侯，我也是早下定了決心，此生此世，徐庶願意跟隨主公左右，永不背離。」

沒有沽名釣譽，沒有文人的驕傲狂氣，有的只是武人的爽朗，曹操一下子便喜歡上眼前的這個年輕人。

他哈哈大笑了起來，對徐庶道：「從現在起，你就擔任我軍的軍師將軍，權力形同軍師，調兵遣將如同將軍……」

「許褚！」曹操一扭臉，便喊道。

許褚騎在馬背上，登時跳了下來，抱拳道：「主公有何吩咐？」

「從今天起，你升為典軍校尉，率領一百虎豹騎，跟隨在徐軍師左右，保護其周全，不得有誤！」曹操忍痛將許褚給分了出去。

「啊？」許褚一臉的驚詫，看了看徐庶，問道：「主公，你真的要我跟隨這個小白臉？」

「君無戲言！還有，他是軍師將軍，既是軍師，又是將軍，你是他的護衛，他若是有什麼三長兩短，你也別回來見我了。」曹操令道。

許褚十分的不爽，但是又不敢違抗命令，白了徐庶一眼，不情願地說道：「諾，屬下遵命。」

殘月如鉤，清寒的月光拂過虎牢關。

火光衝天的虎牢關內，早已經是一片嘈雜，魏軍的突然襲擊，讓關內的晉軍士兵感到措手不及。

女人尖叫，馬匹嘶鳴，人聲鼎沸。虎牢關內炸開了鍋，士兵面對這場突襲，根本來不及做任何阻擋。

毫無懸念的屠殺，兩千多士兵就這樣死在女人的懷抱中，一千名士兵活活被大火燒死，真正逃出去的只有寥寥數百騎。

曹操率領大軍進了虎牢關，即刻命人撲救大火，等到火勢漸漸得到控制，才見李典、樂進走了過來。

「呂布呢？」曹操見李典、樂進一臉的沮喪，趕忙問道。

「讓他跑了，他的赤兔馬太快了，我們追不上，而且跟隨他的還有三百多騎兵，都是驍勇之士，我軍追出了將近十里，便被斬殺了二百多騎，最後看不見呂布了，這才撤了回來。」李典答道。

「算了，他已經被四方諸侯圍定，插翅難逃。你們過來，見過軍師將軍徐庶。」曹操道。

李典、樂進見曹操身邊多了一個俊美青年，拜道：「參見徐軍師。」

「兩位將軍客氣了，以後還請多多關照。」徐庶回禮道。

曹操笑道：「這是我新任命的軍師將軍，既是軍師，又是將軍，職位在諸位將軍之上，可以看做是我的副貳，以後無論徐軍師有什麼話，你們都不得違抗。」

「諾！」李典、樂進見曹操對徐庶如此器重，心裡並不怎麼信服，面面相覷一番後，這才回答道。

徐庶也看出了李典、樂進的不悅，並沒有在意，俯身對曹操說道：「主公，如今虎牢已破，兵貴神速，當火速向前挺進。呂布兵力已經匱乏，只要我軍兵臨城下，必然能夠讓呂布陷入重圍，一戰可將其擒獲。」

不等曹操回答，李典便抱拳道：「主公，屬下以為，當派遣一支偏軍攻擊軒轅關背後，高順駐守在軒轅關，抵擋著劉表的楚軍和袁術的宋軍，只要軒轅關一破，二人便能進入關內，長驅直入，和我軍形成合圍之勢，主公也可以當著天下群雄的面，斬殺呂布，到時候必然會使得楚軍和宋軍有所顧忌，不敢再小覷我軍。」

「將軍此法不妥，呂布已經成為我軍的囊中之物，只要兵臨城下便唾手可得，何苦繞那麼大的一個彎子，去放楚軍和宋軍進入洛陽一帶？楚軍和宋軍作壁上觀，一直持觀望態度，有沒有他們的幫助都無關緊要，但是他們若是來了，就會分一杯羹，我軍與宋軍關係緊張，萬一起了什麼摩擦，會對我軍大大的不利。我以為，當派出所有騎兵，步兵在後，直奔呂布所在的河南城下，就算文醜、高順回防，也依然來不及了。」徐庶正色道。

曹操聞言，站了起來，扶正頭盔，朗聲道：「李典、樂進、史渙、韓浩，你們四人各自率領部下騎兵，隨我一同前往河南城，李通率領步兵緊隨其後，連夜出發。」

「諾！」

吩咐完，曹操轉過身子，對戲志才道：「軍師，從虎牢關到河南城還有一段很長的路，路上少不了顛簸，我留下一百人在此護衛軍師，不知軍師意下如何？」

「咳咳咳……」戲志才道：「主公自管前去，不用為我擔憂，如今有元直在主公身邊，主公便可高枕無憂了，我也可以安心養病了。」

隨後，曹操留下一百士兵照顧戲志才，帶著李典、樂進、史渙、韓浩四將，以及徐庶、典韋、許褚等，率領騎兵先行一步，李通則率步兵跟隨在後，連夜趕往河南城。

平明時分，呂布衣衫不整地帶著百餘騎殘兵奔馳在官道上，每個人的臉上都是一臉疲憊。

老婆死了，小舅子死了，就連整個虎牢關內的五千多士兵也在一夜之間化為烏有，大火無情的燒毀了他的一切。

「唉！」呂布重重地嘆了口氣，臉上被濃煙熏得烏黑，身上單薄的衣服在初秋清冷的早晨就像沒有穿一樣。

他裹了裹衣服，將方天畫戟架在馬頭上，看著血跡斑斑的兵刃，他感到從未有過的失落感。

「主公，前面就是鞏縣了，要不要暫時休息一下？」身邊的親隨問了句。

虎牢關大亂時，他正和心愛的妻子享受著久違的甜蜜，突然聽到外面喊殺聲突起，慌亂之中，他隨手抓起一條褲衩穿上，還沒有來得及去穿其他的衣服，李典、樂進便持刀闖了進來。

情急之下，他抓起自己的方天畫戟，一個鷂子翻身，破窗而出，吹了聲哨音，赤兔馬應聲而來。呂布的老婆讓呂布快走，自己則慘死在魏軍士兵的手下。

呂布仗著赤兔馬和自己的武力，很快便衝了出去，後來在西城門邊遇到魏續，還有數百名衣衫不整的騎兵，便聚集在一起，邊戰邊退。

魏續關鍵時刻人格大爆發，帶著百餘騎兵掩護呂布逃走，結果被樂進一箭射死。呂布一路殺出了十餘里，不斷有部下留下抵擋身後的追兵，這才算逃過一劫。

想起這些事，呂布悔恨不已，此時聽到士兵的問話，便道：「不去了，我們搶掠了不少鞏縣的民女，若是你們不怕被百姓毆打的話，你們就去吧。」

呂布雖然心中傷感，但也無可奈何，除了河南城，他別無去路。至少，河南城裡還有大批的金銀、糧草，士兵雖然少點，固守個一年應該不成問題，便急速奔跑，向著河南城而去。呂布心裡發誓，一定要讓曹操血債血償。

殘餘的一百多騎兵跟隨呂布一路上走走停停，有十幾匹戰馬在中途體力不支，倒了下去。

一天後，呂布又睏又累又餓，拖著疲憊的身體來到河南城，看到城牆上插著「晉」和「呂」字的大旗，他的心才稍稍放了下來。

赤兔馬大口大口的喘著粗氣，一天一夜沒有吃東西，還能馱著呂布跑那麼遠，可見其耐力非常。

進入河南城，部下士兵急忙將一臉狼狽的呂布迎入太守府，準備了好酒好肉。呂布也不管三七二十一，見什麼吃什麼，狼吞虎嚥。就連赤兔馬在馬廄也是一番狼吞虎嚥，極有其主人的風範。

吃飽喝足後，呂布摸了摸鼓起的肚皮，見房中有一個臥榻，直接便倒在臥榻上，不一會兒便進入了夢鄉。

郭嘉出去巡視曹性練兵，回來後，聽說呂布在虎牢關被打敗了，心中驚詫不已。

他不去找呂布，而是先回到自己的住處，見老婆喀麗絲正在房間裡沐浴，便徑直走了過去，小聲道：「你快別洗了，趕緊穿上衣服，趁現在出城去，去孟津渡口，隨時做好接待主公的準備。」

喀麗絲見郭嘉一臉的緊張，便從盛滿熱水的木桶裡站了起來，問道：「發生什麼事了？」

郭嘉看了眼老婆的曼妙身材，吞了口口水，道：「呂布兵敗虎牢關，我猜想曹操現在正在馬不停蹄的追來，河南城將成為一座危城，你趕緊離開此地。」

「那你和我一起走！」

「不行，我走了，計畫就要泡湯了，你趕緊穿上衣服快走。」

「你不走，我也不走。」喀麗絲從木桶裡走出來，一把抱住郭嘉，斬釘截鐵地說道：「你是我的男人，我不能丟下你不管。」

郭嘉和喀麗絲在這一個月裡，兩人如膠似漆，起初郭嘉以為喀麗絲是匈奴人，理解不了漢人的一些習俗，誰知道相處下來，才發現喀麗絲和自己非常合得來，簡直就是天生一對。

他緊緊地抱著喀麗絲，在喀麗絲的額頭、眼睛、鼻子、嘴巴、脖子上各親了一下，柔情似水地道：「你是我的結髮妻子，我不想你有任何事情，我可以向你保證，我不會有事的，雖然突發變故，但是一切還在我的掌握之中，你部族的那些匈奴人，他們只聽你一個人的命令，如果你不露面的話，我主公絕對無法輕鬆渡過，所以，必須要你去才行。」

「可是夫君，我……」

郭嘉急忙拿來一條毛巾，將喀麗絲身上的水漬擦乾，找來一套衣服，然後對喀麗絲道：「趕快穿上，現在就走，再晚的話，想走都走不成了。為了主公的霸業，為了我，你趕緊離開這裡吧。」

喀麗絲一把抱住郭嘉，對著郭嘉便是一陣親吻，深吻過後，喀麗絲鬆開郭嘉，道：「夫君，你答應我，千萬不要做傻事！」

「嗯，我答應你，絕對不會做任何傻事。」

說罷，喀麗絲將衣服穿上，披上戰甲、頭盔，最後兩人再來一個深情的擁抱，這才依依不捨地分開。

喀麗絲騎上馬出了城，郭嘉則去找呂布。

此時，呂布正在酣睡，夢中他正在騎著赤兔馬，揮舞著方天畫戟，結果手舞足蹈的，高聲喊著夢話：「曹孟德，看你往哪裡逃，受死吧……」

呂布身體晃動，手腳亂舞，一個翻身便從臥榻上重重地摔在地上，直接將他摔醒了。醒來後，發現自己周圍一片漆黑，才知剛才是一場夢。

點燃房中燈火，呂布此時眼圈烏黑、面容憔悴，整個人像是老了十歲一樣，再沒有往日的風采。

「咚咚咚！」

「誰啊？」

「是我，郭晉。」

「哦，進來吧，門沒有鎖。」

郭嘉進入房間，見呂布形容枯槁，甚是憔悴，急忙道：「屬下不知道主公歸來，以至於來晚了，還望主公恕罪！」

「罷了，不知者不罪。你有什麼事嗎？」呂布擺手道。

「主公，虎牢關的事，我都聽說了，屬下擔心曹操已經在進兵的路上了，必須及早進行戰鬥的準備。」郭嘉道。

呂布道：「嗯，你看著辦吧，我很累了，要休息一下，讓曹性協助你布防就可以了，河南城是座堅城，曹操就算來了，也不可能會被他攻下，另外，通知文醜，讓他帶兵從函谷關撤回來。」

「主公，要是撤下來了，那馬騰那邊該怎麼辦？」

「你不用擔心，張濟、樊稠吃了文醜的虧，不敢再貿然進攻的，就算文醜退了，他們的反應遲鈍，也會拖延個三五天，等擊敗曹操，再回到函谷關駐守就可以了。」呂布信心滿滿地道。

「主公休息重要，屬下就此告辭。」郭嘉躬身退出了房間。

呂布確實累了，身心疲憊，吹滅蠟燭，倒在床上便呼呼大睡。

睡到後半夜時，忽然聽見城中一陣騷亂，馬蹄聲更是來回奔波，他經歷過虎牢關的那件事後，就變得非常機警，登時從夢中驚醒，隨手抓起身邊放著的長劍，「唰」的一聲，抽出了長劍。

提著劍出了房門，但見東門方向火光衝天，他隨即對太守府中的守衛道：「發生了什麼事？」

「魏軍兵臨城下，軍師和曹將軍正在率領部下迎戰。」

一朝被蛇咬，十年怕井繩。呂布這會兒總算去了一絲擔心，他沒有對赤兔馬吹響口哨，而是隨便騎上一匹戰馬，想讓赤兔馬得到更多的休息，大喝一聲，便朝東門跑了過去。

東門內外火光衝天，那紅彤彤的火光照亮了半個城池，郭嘉、曹性站在高高的城樓上，望著護城河外打著火把依次排列而去的魏軍騎兵，眉頭緊鎖。

「我軍兵臨城下，呂布大勢已去，但凡降我曹操者，一律加官一級，若死命抵抗，下場只有死而已。汝等若珍惜自己的性命，就立刻開城投降，我可保你們平安無虞。」曹操朗聲叫道。

「呸！」曹性朝城牆外吐了口口水，一臉的不屑，看到曹操那張嘴臉，恨不得直接衝出去扇他幾個嘴巴子。若不是曹操站在他箭矢的射程之外，他肯定一箭將曹操射死，讓曹操一了百了。

「那個人是誰？」曹操指著曹性問道。

典韋瞅了眼，答道：「啟稟主公，就是這個人連續射傷了曹仁、夏侯惇、許褚的。」

曹操皺起眉頭，一臉陰沉地道：「吩咐下去，斬殺此人者，賞千金。」

典韋道：「主公，我軍剛剛到來，人困馬乏，而且全部是騎兵，若是真的和晉軍打了起來，只怕吃虧的還是我們。」

「你放心，晉軍這會兒不會出戰，呂布剛剛敗回，城中兵力不多，與其出來跟我們拼殺，還不如堅守城池來得輕鬆自在。」徐庶分析道。

曹操道：「河南城雖然不及洛陽城宏偉，可也是座堅城，在李通帶領的兵力沒有到達之前，我軍不可貿然行動，今夜只勸降，不打仗。」

此時，曹操看了眼郭嘉，心中起了一絲漣漪，問道：「元直，你可有什麼辦法讓郭嘉心甘情願的來投靠我嗎？」

徐庶道：「郭奉孝的事，我已經聽戲先生說過了，屬下以為，郭奉孝既然已經投靠了高飛，就不會再投靠其他人，他在呂布的帳下，估計是高飛所留的後招，應該是想借機占領此地，襲殺呂布後，將其吞併。」

「你是說，高飛很有可能會渡河南下攻擊這裡？」曹操聞言道。

「屬下可以肯定，不出三日，必有消息。」

「嗯，我明白你的意思了，**既然得不到，那就只好毀掉，我得不到的東西，別人也休想得到！**傳令下去，但凡斬殺郭嘉者，賞兩千金！」曹操臉上現出一絲殺氣。

徐庶見了，不禁擦了把冷汗，心想：還好自己答應前來投靠，否則觸怒了曹操，估計也只有人頭落地的份了。

「**霸氣外露，帝王之相，放眼天下，捨曹操其誰？**」徐庶用了兩年的時間暗中觀察曹操，兩年的時間裡，他將曹操看透了，天下大亂之際，曹操單單以昌邑一城之地，先後占領兗州、徐州全境，接著又霸占了青州，天下十三州，他一個人就占領了三個，而且還是潛力無限，袁術也必將被他吞沒。

**橫掃六合，氣吞八荒，頭頂天，腳踏地，真正的男子漢不是以相貌和身高來衡量的，而是以頭腦**。徐庶深深明白這個道理，所以才會棄武學文，用知識來武裝自己的頭腦，用頭腦來帶動自己的行為。

城樓上，郭嘉掃視了一眼城下的曹操等人，轉身對曹性道：「今夜無事，讓士兵好好休息，養精蓄銳，待後天戰鬥！」

曹性一臉的狐疑，看到外面那麼多敵軍，問道：「軍師，你開什麼玩笑，曹操的兵馬就在這裡，還沒走呢。」

郭嘉道：「放心讓士兵休息，這兩天，不管曹操如何叫罵，都不要出城，也不要答覆，他這是故意擺出陣勢的。」

「故意的？曹操玩哪門子把戲啊？」曹性不解地道。

郭嘉不再理會曹性，徑直下了城樓，剛下兩個階梯，便見呂布騎著戰馬奔馳過來，手中提著一柄利劍，大踏步地朝城樓上走來。

「郭晉，外面戰況如何？」呂布一邊上臺階，一邊問道。

郭嘉道：「主公勿憂，一切正常，曹操遠道而來，也是人困馬乏，只是在虛張聲勢而已，並不會真的進攻。屬下已經在城中調度完畢，四個城門全部加強了防範。」

呂布還是不放心，走上城樓，來到城牆邊。

「屬下參見……」曹性急忙行禮道。

「免了！」呂布揮了揮手，看到外面曹操擺開的陣勢，道：「看來果如郭晉所言，曹操等人確實是人困馬乏。」

郭嘉走了回來，拱手道：「主公，你儘管去休息吧，以我的推算，後天曹操才會進攻城池。」

「後天？」

「嗯，曹操星夜奔馳而來，帶領的全是騎兵，步兵肯定被遠遠地拋在了後面，就算急速行軍，最快也要明天下午才能趕到。就算趕到了，也不能立刻投入戰鬥，還要休息休息，河南城四面都有護城環繞，算是一個天然的屏障，等曹操的兵馬休息過來，文醜也已經到了城裡了。」

「嗯，你分析的很透澈，那這兩天就交給你了，等到和曹操打起來了，我一定要親手斬了他的狗頭！」

郭嘉心中想道：「嗯，最好把曹操殺了，然後我主公再在你背後捅上一刀，這樣你就能和曹操做伴了。」

# 第六章

# 大魚上鉤

喀麗絲按照郭嘉的吩咐，一到孟津，便和在黃河北岸的黃忠、趙雲取得聯繫，靜候在黃河北岸的燕軍士兵，也在黃忠、趙雲的帶領下渡過了黃河，駐紮在孟津城裡。喀麗絲、黃忠、趙雲按照郭嘉的計策，只等大魚上鉤。

函谷關外，晉軍大營。

「將軍，軍師急信。」

文醜見一個小校捧著書信，急忙接了過來，打開看後，眉頭一皺，急忙道：「快去傳令全軍，連夜拔營起寨，迅速趕赴孟津渡。」

「孟津渡？將軍，我們在這裡守了一個半月了，擊退張濟、樊稠數次進攻，怎麼突然要撤到孟津渡？」小校不解地道。

「軍機大事，你懂什麼？快去傳令！」文醜著急道。

小校不敢違抗，出大帳傳令去了。

這時，一個十五歲左右的青年走了進來，長得眉清目秀的，和小校差點撞上。

「公子，對不起，我不是……」小校一臉的緊張。

「沒事，你忙你的去吧，我沒事。」青年說話的聲音顯得有些陰柔，就連身體也看著很單薄，沒有一點陽剛之氣。

「是，公子，屬下告退。」

青年進了大帳，見文醜一臉的惆悵，便走到文醜身邊，伸手在文醜的肩膀上按了按，道：「爹，發生什麼事了，你的臉色怎麼那麼難看？」

文醜嘆了口氣，將信遞給青年，道：「蕊兒，你自己看吧。」

那青年叫文蕊，女扮男裝，不施粉黛的臉上顯得甚是秀氣，原來是文醜之女。

文醜今年三十三，十八歲那年，在偷看鄰居家的姑娘洗澡時，不小心犯下錯誤。後來，兩家人知道了這件事，就給他們辦了婚事。

文醜本來是個道地的農民，成家後，和新婚妻子纏綿了一兩個月，後來鮮卑人入侵大漢，突破長城，經右北平郡一路南下，直接打到冀州，摧毀了冀州不少良田。

他突發奇想，想去拜師學藝，好驅逐胡虜，因而辭別了父母和妻子，獨自一人去拜訪名師，路上遇到了同鄉顏良，兩人便結伴而行。

誰知，這一學就是十年，出山的時候，已經是二十八歲了。男人三十而立，兩人機緣巧合之下遇到了袁紹，便直接給袁紹當了門客，最後逐漸成為袁紹的心腹。

生活得到保障的文醜，這才想起老家，想將父母、老婆全部接到洛陽來。可是，當他回到家後，才知道家鄉發生巨變，父母雙亡，老婆也不知道跑到哪裡去了，經過多方打聽，才知道老婆躲進了山裡。經過一番尋找，終於找到自己的老婆，卻意外的發現自己多了個女兒。文醜便帶著妻女到了洛陽，並且給女兒取名文蕊。

文蕊是在山林裡長大的，個性和男孩子差不多，隨文醜到了洛陽後，覺得穿女裝不自在，便經常男裝打扮，久而久之，外人都以為文蕊是個男孩子。她見自己的爹爹武藝高強，也想學，文醜就教給文蕊一些槍棒上的功夫。

正所謂不孝有三，無後為大。文醜沒有兒子，連續娶了幾個妾，結果仍是一個兒子都沒有生下。最後文醜心灰意冷，索性將文蕊當兒子養，對其要求也十分的嚴格，短短幾年工夫，文蕊便差不多學了他七成，文醜便讓她一直跟在自己身邊。

此時，文蕊看過信後，道：「爹，軍師的信上說的好像很急啊，那爹是不是要去孟津渡？」

「當然，絕對不能讓高飛過河，否則的話，就危險了。」

「可是這樣一來，張濟、樊稠就暢通無阻了。」文蕊將信遞給父親。

文醜接過信，把文蕊的手握在手裡，摸著文蕊的手心，上面都長了繭子，心疼地道：「蕊兒，都是爹害了你，你好好一雙姑娘家的手，就是因為練武，弄得這麼粗糙，以後要是嫁人的話，也是一件很麻煩的事。」

「誰說我要嫁人了？我不嫁，我要像爹一樣，帶領千軍萬馬，馳騁在疆場上。」文蕊一把抽出手，豪氣地說道。

文醜嘆了口氣，道：「你要是個男人就可以了，爹絕對會讓你如願以償的，可你終究是女兒身，女人都要成親生子的，這是女人的宿命。」

「為什麼我就一定要嫁人？我不成親！」文蕊斬釘截鐵地道。

「算了，不和你說了，你快去收拾一下，咱們好去孟津渡，張濟、樊稠反應遲鈍，又被我打怕了，而馬騰遠在涼州，長安一帶又時局不穩，估計一時半會兒張濟、樊稠不會輕易冒進。」

「嗯，爹，那我去了。」

「去吧！」

文醜帶著大軍連夜啟程，星夜趕往孟津渡。

可是，**他並不知道，他的去處，正是他永遠的歸處，等待他的，只有即將降臨的死神而已，這一切，郭嘉都早已布置好了。**

司隸，孟津。

喀麗絲按照郭嘉的吩咐，一到孟津，便和在黃河北岸的黃忠、趙雲取得了聯繫，靜候在黃河北岸的燕軍士兵，也在黃忠、趙雲的帶領下渡過了黃河，駐紮在孟津城裡。

喀麗絲、黃忠、趙雲一見面，便立刻著手進行布置，一切都按照郭嘉的計策，只等大魚上鉤。

次日清晨，連續奔跑了一夜的文醜，帶著人困馬乏的軍隊抵達了孟津城外。孟津城門緊閉，城牆上也是一片死氣沉沉的，「晉」字大旗在沒有風的天氣裡耷拉著，裹在旗杆上一動不動。

「去叫門。」文醜對身邊的一個小校說道。

小校騎著馬，來到城牆下面，朝城樓上喊道：「快開門，文將軍到了！」

從城樓上露出了一張臉，是個匈奴人，頭盔兩邊掛著一根長長的狼尾，在胸口一搖一擺的，是典型的狼騎兵的打扮。

那匈奴人打了個哈欠，望了眼城下，道：「吵什麼吵，等著，我這就下去開門。」

小校回到文醜身邊時，不禁道：「將軍，這座城怎麼死氣沉沉的？就連守城的士兵到目前為止，也才見到一個人而已……」

「爹，裡面會不會有詐？我總覺得軍師的信有點問題，他說主公在虎牢關戰敗了，曹操正率兵趕到河南城，按理說，應該讓我們支援才對，怎麼讓我們來孟津渡？」文蕊策馬走了過來道。

「軍師這樣做，自然有軍師的道理，從冀州一路趕過來，大多是依賴軍師的計策，雖然常常有讓人看不懂的地方，可是並沒有出什麼岔子，而且主公也很信任他。河南城堅固，城中糧草充足，就算曹操圍城，沒有三五個月，也休想攻下城池。如果軍師直接讓我們去支援河南城的話，那我才覺得他有問題呢。」

「可是，爹爹，那曹操可是打敗了主公啊，主公防守的可是虎牢關，那曹操得有多厲害啊。」文蕊感嘆道。

「曹操嘛……確實是個棘手的人物，當初我看走了眼，要不然早就幫袁紹除去他了，哪裡還有他現在的威風？唉……我眼光確實不行，看袁紹看走眼了，結果跟著呂布，又到了這個半死不活的地步，**難道我註定要這樣在諸侯之間默默無聞嗎？**」

「爹，你一定會找到一個好主公的，呂布要是不行了，你再轉投其他人好了，涼侯馬騰、楚侯劉表、宋侯袁術、吳侯孫堅，這些人要是得到了爹爹的投靠，必然能夠強上加強的。」

「不！這些都不是真正的強者，真正的強者只有燕侯高飛一人而已。」

「高飛？他算什麼強者？在鉅鹿澤一戰，還不是差點被爹和顏伯伯一起殺死了嗎？」

「你不懂，是我和你顏伯伯差點被燕軍給殺死了，要不是跑得快，你都見不到我了。燕軍的那個什麼鐵浮屠，實在太厲害了，現在想想都害怕。」

文蕊聽了道：「爹，那這次我們又和燕軍打了，你害怕嗎？」

「我心已死，早就不害怕了。」

「哦，那這次我們要是打不過燕軍，怎麼辦？爹會投降嗎？」

「投降？」文醜哈哈笑了起來，「忠臣不事二主，我先跟袁紹，後投呂布，早已經不算什麼忠臣了，但是我也明白了，死並不可怕，可怕的是自己活著的時候，還不如死了的好。正所謂事不過三，我要是每逢敗績之時就轉投他人，那和一個賤奴有什麼區別?!」

「爹，那要是敗了，我和你一起死。」

「不！你不能死，現在我就只有你這個親人了，我絕對不會讓你死的，也不許你死。」

「可是爹……」

「別可是了，城門打開了，我們進城。」

話音一落，文醜立刻策馬向前，心中想道：「蕊兒，你雖然不是男兒身，但是你至少可以給我生個外孫，權當是我的孫子吧……」

城門大開，一個匈奴人睡意綿綿的走了出來，看到文醜獨自一人在前，便上前道：「參見文將軍。」

文醜向城裡看了一眼，但見城中空蕩蕩的，別說鬼影了，人影都見不到一個。不，還能見得到一個，就是站在文醜面前的這個匈奴人。

文醜狐疑地道：「人都哪裡去了？」

那匈奴人道：「都去渡口把守了，這裡的百姓害怕受到牽連，也都逃光了，整個城池就剩下我一個了。將軍，請入城吧。」

「你一個人把守這偌大的縣城？」文醜詫異地道。

「嗯，就我一個，又沒有什麼人，一個人足夠了。」

文醜不再說話了，將手中長槍向前一招，大聲說道：「入城！今天暫且在城中先歇息一番，等明天再去孟津渡口。」

話音一落，便帶著一萬五千人向城中開進，前面三千人是騎兵，後面的一萬兩千人是步兵，這些步兵都是新訓練的士兵，除了會射箭，什麼都不會，所以拿著的也只有弓箭而已，就連他們身上穿著的戰甲也都參差不齊的。

文醜帶著三千騎兵剛進到一半位置，城外忽然傳來急促的馬蹄聲，趙雲帶著燕軍騎兵從左、右兩側直接殺了出來。

燕軍的突然出現，讓晉軍士兵頓時陷入恐慌，那些新兵更是怕得不得了，他們看到燕軍騎兵氣勢雄渾的奔馳而來，有的兩腿發軟直接坐在地上，有的則拔腿便走。

燕軍以迅雷不及掩耳之勢殺了過來，晉軍措手不及，根本來不及做出任何抵擋，便被攔腰截斷，遠處也出現大量的燕軍士兵，將城門圍成一個弧形，包圍住這一萬五千人的晉軍士兵。

文醜、文蕊在城中聽到背後喊殺聲響起，一回頭，見城門已經被趙雲攔腰截斷，驚道：「不好！中計了，燕軍早已拿下了孟津城，我太大意了，快撤！」

話音才落，城牆上立刻現出燕軍的士兵，盡皆手持連弩，對準了城牆下的文醜等人。

「砰！」城門被關上了，一千五百騎兵被關在城門和甕城城門之間的空地上，個個都面露驚恐之色。

「文醜！」

城牆上傳來一聲蒼勁有力的吼聲，黃忠穿著一身重鎧，手持鳳嘴刀，威風凜凜地站在城樓上，目視著城下的一切。

「黃忠？」文醜見黃忠露頭，眉頭皺了起來。

「是我！」黃忠朗聲道：「文醜，我等你多時了，鄴城之戰讓你僥倖投靠了呂布，這次你可沒有那麼幸運了。你已經被我軍團團圍住，插翅難逃，我勸你不要做無謂的掙扎，早早讓士兵放下武器，投降我軍！」

文醜看了眼疲憊的士兵，這些跟隨他從趙軍轉投晉軍的老部下，都是生死之交，有些人雖然他叫不上名字，但是那一張張面孔都是那麼的鮮活熟悉。

「他們應該還有更長的路要走，如果跟著我，只有死路一條……」文醜暗暗想道：「呂布已經大勢已去，經歷過那麼多，我也厭倦了這征戰不止的生活……」

文醜將目光停留在女兒文蕊的臉上，想道：「我現在最擔心的是蕊兒，她還年輕，以後還要生兒育女，還要給我生個外孫……我這怎麼了，難道是我老了嗎？為什麼我連一點戰鬥的精神都提不起來……」

「文醜，你考慮的怎麼樣？」黃忠沒有讓士兵放箭，看著若有所思的文醜，心裡也是一番打算。

「文醜是員猛將，只可惜跟錯了呂布，若是肯投降的話，主公帳下就會多一員猛將了，在以後的角逐中，必然能夠發揮他的武勇。」黃忠暗暗想道。

城門外，噪雜的聲音漸漸停止，變得甚是安靜。文醜知道，那些未經過正規訓練的士兵，猶如一盤散沙，只要一陣風吹過來，就能將他們全部吹得一乾二淨，外面的人肯定是投降了。

文醜閉上雙眼，想了一會兒，突然睜開眼睛，眼神黯淡，朗聲道：「你們都放下武器，全部下馬，全軍就地投降！」

「將軍，殺出去吧，外面還有……」一個小校道。

「已經來不及了，這就是一個圈套，只是我沒有發覺，以至於害了大家。你們跟隨我多年，知道我的脾氣，我不想再說第二遍。為了你們自己，也為了我，全軍下馬拋棄武器，就地投降。」

「爹……」

「蕊兒，你是爹最放心不下的……」

文醜抬起頭，看著黃忠，抱拳道：「黃將軍，我知道燕侯是天下少有的雄主，但是我這次卻無法再投降了，我已經跟了兩個主公了，如果再投降的話，那我文醜就會成為三姓家奴，就算以後能封侯，也會被世人看不起。請黃將軍轉告燕侯，就說我文醜預祝他奪取天下。除此之外，我還有一件事想請黃將軍務必答應。」

「什麼事情？」黃忠問道。

文醜扭頭看了眼文蕊，眼神中流露出一個父親對女兒的關愛。他回過頭，對黃忠道：「黃將軍，我想，你也是身為人父的人，應該知道父親對自己孩子的那種溺愛。我今日只有一個請求，請將軍照顧好我的女兒，我文醜身雖然不能投降，但是我的心卻已經投降了，和你們燕軍打了這麼長時間的仗，我由衷的佩服你們，也十分的敬重燕侯……」

「爹……」文蕊聽到這話，知道文醜已經懷著必死之意，當即叫了出來。

「蕊兒，你是爹唯一的親人，爹不希望你和爹共同赴死。」文醜一臉慈祥地道：「生在亂世當中，身為一名武將，我已經做好了隨時赴死的準備，以前我還想繼續征戰，成為平定天下的一代名將，可是這段時間以來，我想通了，就算戰死沙場，也未必不是一件榮耀的事……」

「爹，你不能死，你要是死了，我怎麼辦？難道你就忍心把我孤零零的一個人丟在這個世上嗎？」文蕊跳下馬背，跪在文醜的面前，熱淚盈眶。

文醜朗聲道：「蕊兒，你聽我說，燕侯是天下少有的雄主，也經常不拘一格，他的軍中有女參軍，就一定會要你這個女將軍。你是爹的女兒，爹雖然不在了，可是爹的意志還在……」

「我不要我不要，我不要爹的意志，我只要爹活著……」

「將軍，我等願意和將軍一同赴死，雖死無憾！」文醜身後的幾名將校一起翻身下馬，跪拜道。

「我等願意和將軍同生共死！」一千五百名騎兵，起初對文蕊是女兒身還感到驚詫，後來看到文醜父女情深，都深受感動，紛紛下馬跪地表態。

文醜一臉的愁容，他自己的部下他自己最清楚，怕什麼來什麼。他朗聲道：「你們都起來，我不要你們死，你們還有更長的路要走，你們……」

「文將軍！」黃忠站在城牆上，看到這樣的一幕，也深受感動。

「文將軍大義凜然，讓黃某欽佩萬分。論勇力，文將軍是少有的猛將，論打仗，文將軍更是有其獨到之處，文將軍智勇雙全，乃是真正的大將之才。秦始皇橫掃六合，氣吞八荒，統一天下之後，便立刻統一了度量衡，也曾經焚書坑儒、修築長城、生前罵名不斷，可是仔細想來，秦始皇如果不那樣做的話，天下恐怕到現在還處於紛爭之中。正所謂良禽擇木而棲，良臣擇主而事，文將軍前面選擇錯了兩位主公，如今一個大好的機會擺在你面前，燕侯乃是一代雄主，我相信燕侯必然會成為始皇帝一樣的人物，至於今生的功過是非，就由後人去點評，文將軍又何必執著外人的看法呢？」

文醜聽了，心中悵然萬分，細細咀嚼一番，覺得很有道理。名聲是虛的，人是實的，人在做，天在看，只要自己問心無愧就行了。

「爹，黃將軍說得對啊，請爹三思而行。」文蕊抹了把眼淚道。

「請將軍三思而行！」眾位將校一起喊道。

黃忠見狀，趕緊打鐵趁熱道：「文將軍，我主公一向愛惜人才，似文將軍這種大將，必然會受到主公重用，呂布帳下驍騎將軍張遼也已投靠了我家主公，我記得當初文將軍是被張遼勸降的吧？如果文將軍能夠歸順我家主公的話，不僅張遼將軍高興，就連我家主公也會興奮不已。

「如今，我家主公正在北岸渡河，一個時辰後便可抵達孟津城，文將軍既然也覺得我家主公是個雄主，那為什麼不能為我家主公效力，幫助我家主公早日平定天下，讓老百姓過上好日子呢？一旦天下大定，文將軍就是功不可沒的開國功臣，封侯拜相也是必然的，到那時，天下人只看到文將軍的風光，誰還會在意文將軍之前做過的事情呢？」

文醜聞言，雄心大起，彷彿看到自己又在戰場上馳騁一樣。他看了眼文蕊和身後的眾位將士，他們臉上的期待之色，讓他感受到自己還有一條很好的出路。

「罷了罷了，降一個是降，降兩個也是降，我文醜既然已經投降過一次，再多一次又有何妨，天下人愛怎麼看就怎麼看吧。」

文醜想通之後，單膝下跪，朝黃忠拜道：「黃將軍，敗軍之將文醜，願意率部歸降，請黃將軍准降！」

黃忠哈哈大笑道：「如此最好，我主公從此以後又多了一員猛將了。文將軍，城外士兵尚未投降，還請借文將軍之口，讓其歸順我燕軍！」

「文醜樂意效勞。」文醜站起身來，抱拳道。

高飛率部來到孟津城時，黃忠、趙雲、文醜已經等候在門口了。

「我等參見主公！」黃忠、趙雲、文醜齊聲拜道。

高飛翻身下馬，看到文醜時，臉上立馬現出驚喜之色，道：「文將軍，我等你等得好苦啊。」

文醜一臉的窘迫，道：「敗軍之將，數次與主公為敵，還望主公不計前嫌。」

「文將軍，你這說的是哪裡話，文將軍能夠歸順我，也是我軍之福啊。文將軍在晉軍居何要職？」

「揚武將軍。」

「即日起，文將軍便是我燕軍之中的平南將軍……」

文醜聽後，自然知道平南將軍的官階，遠遠比他的這個雜號揚武將軍要高出三階。呂布雖然貴為諸侯，可是所封將軍銜均為雜牌將軍，真正的正牌將軍，是要經過大漢朝廷頒發聖旨，並且還要加蓋玉璽認證的才算數。

當然，這幾年長安小朝廷裡的皇帝一直是個白板天子，傳國玉璽的遺落，至今仍是一個未解之謎，袁紹自然是沒有的，可是文醜知道，袁術那裡也沒有，不然的話，當初郭嘉建議呂布兵臨司隸尋找玉璽時，他就會反對了。

在他的心裡，玉璽應該還在洛陽的廢墟之中，雖然魏續去帶人去挖了好久，但是洛陽廢墟瓦礫成堆，那麼大的城池要一點一點的找，確實很困難。

他聽高飛直接讓他做平南將軍，除了驚喜外，還感到一絲意外，因為他知道，高飛雖然是驃騎將軍、燕侯，也不可能逾越大漢皇權，去讓手下做正牌將軍，但是高飛竟這樣做了，他心裡對高飛的毫無顧忌、野心外露倒是有幾分欣賞。

「多謝主公厚愛。」

黃忠、趙雲等人都不以為然，他們對頭銜看的並不重，只要高飛能夠重用他們，就算是個校尉，他們也會心滿意足。可是文醜不同，這傢伙虛榮心很強，極要面子，對這種人，就要在官階和俸祿上下功夫，高飛對這一點心知肚明。

高飛見文醜一臉的高興，也就放下心了，不經意間掃視了一眼文醜身後的一個清秀少年，當即問道：「文將軍，這位小將是？」

「在下文蕊，拜見主公。」

高飛聽後，笑道：「果然是虎父無犬子啊……」

「不，我是女的，不是男的，應該是虎父無犬女才對。」文蕊糾正道。

「啊……」高飛吃了一驚。

「蕊兒，對主公不得無禮，還不快請罪！」文醜急道。

文蕊道：「我又沒錯，道什麼歉？我確實是個女的嘛。」

「哈哈哈……好，好得很，文將軍有此佳女，也是一種福氣。文小姐性格外向，身穿戎裝，倒也是巾幗不讓鬚眉啊，也好，我軍中還從未有過女將軍，你若是不嫌棄的話，就在我身邊擔任都尉怎麼樣？」

「那真是太好了，多謝主公。」文蕊笑了起來，露出潔白的牙齒，眉宇間倒是多了一絲女性的韻味。

高飛道：「進城吧，我還有事情要吩咐。」

「諾！」

進入城裡後，高飛便將所有將領召集起來，大廳裡，黃忠、趙雲、文醜、管亥、周倉、李玉林、喀麗絲等將站在左列，許攸、歐陽茵櫻、陳琳等人站在右列，文蕊則站在高飛的身側。

「我軍從五月南下，先破公孫瓚，後平袁紹，如今也是時候滅呂布了，這短短的四個月來，我軍有過戰敗，有過勝利，但不管怎麼樣，我們一路走過來了，如今呂布就在司隸河南城裡，正是我軍一鼓作氣的時候，文醜，我命你為先鋒大將，率領……」

「主公，文醜恐怕要辜負了主公的厚望了，呂布是我舊主，我不能……請主公另擇他人，我願意作為後軍，為主公押運糧草。」文醜婉言謝絕道。

高飛臉上露出了不喜，但轉瞬即逝，道：「既然如此，我也不強求了，黃忠為先鋒大將，趙雲為副將，管亥、周倉、李玉林為部將，許攸為軍師，率領半數兵馬先行進攻河南城。其餘人和我在留守孟津，一日後再率餘部出發。」

「諾！」

司隸，軒轅關外，楚軍大營。

初秋的夜晚月涼如水，軍帳內，孤燈下，一個紅臉漢子擦抹著一柄鋼刀，鳳目專注的看著刀鋒上的精芒，彷彿在看著自己生命的光芒。

忽然帳門打開，一個人影閃了進來。

「雲長還不睡麼？」

來人話語雖輕，卻帶著一股叫人難以抗拒的力量。

「這就休息。」那紅臉的漢子正是關羽。

關羽放下手中的鋼刀說道：「大哥，夜宴還順利吧？」

劉備看著大床上酣睡的張飛，笑道：「你我都沒睡，翼德卻已鼾聲如雷了。」

然後他席地而坐，望著眼前的關羽，道：「袁術和劉表暫時屏棄前嫌，準備明日一起攻打軒轅關……」

頓了頓，劉備接著說道：「此次袁術和劉表聯手攻擊軒轅關，只怕軒轅關會守不住了，袁術帳下的大將紀靈、張勳也來了，差點和蔡瑁、張允打了起來，幸好有黃祖和嚴象相勸，這才制止了一場不必要的動亂。」

關羽深吸了一口氣，道：「雖然在天下之爭中沒有永遠的同盟，但今時今日袁術、劉表聯手，也未必是一件好事。把守軒轅關的是呂布帳下的大將高順，此人頗有威嚴，治軍嚴謹，是個不可多得的大將之才，能夠如此牢固的將張勳、蔡瑁堵在關外，還迫使兩家發生摩擦，確實有他的過人之處。」

「劉景升與袁公路必有一戰，只是不知何時何地罷了。」

說到這兩個人的名字時，劉備眸中狂熱的神彩一閃而過，又道：

「這個檄文說是討伐呂布，其實各路諸侯都有自己的想法，洛陽乃京畿之地，雖然已經成為了廢墟，但是龍興於此，大漢的百餘年基業在此，若要重新修復舊都，必然能夠重新使得大漢振作。各個諸侯之間都想在此爭奪，我們所能做的只能是伺機而動，而攻殺呂布的這一場大戰，必須讓天下人記得我們的名字！」

「大哥放心，我和三弟一定會助您完成大業！」關羽注視著劉備的眼睛道。

「你們的實力，我從不懷疑，咦？你怎麼擦起這把刀來啦？」劉備看了一眼關羽手中的精鋼大刀，問道。

關羽笑笑道：「青龍偃月刀已經許久沒有如此躁動不安了，我是在安撫它而已，只要軒轅關一破，青龍偃月刀必然能夠成為手刃呂布的一把利器……」

忽然，床上的張飛一腳踹出，嘴裡嘟囔道：「呂布休走！放馬過來！和俺老張再戰三百回合……」翻了個身，張飛又酣然睡去。

劉備伸手替張飛蓋上踢掉的被子，沉聲道：「天下無人能擋你我兄弟的豪勇，呂布也不例外，**司隸的河南城必將成為呂布的葬身之地，也會成為我們兄弟揚名天下的臺階**。雲長，早點睡吧。」

劉備說完，打了個哈欠，便登上床，倒頭便睡。

關羽將青龍偃月刀放好，隨後也翻身就寢，看到窗外明月如鉤，又想起大哥那憂鬱、空負大志的目光縈繞在心頭。**多年來，兄弟三人一直鬱鬱不得志，不久後，他要讓天下人見識一下他們兄弟的實力！**

「我一定要用手中的刀開解大哥心頭的負擔。」關羽心中想道：「呂布，在我沒有去河南城之前，你可千萬不要死……」

同樣的月光下，在河南城外的魏軍大營裡，曹操在典韋的陪同下巡視著整座大營。

李通所率領的步兵今天下午剛到，一路上的疲憊和困乏讓這些士兵大大吃不消，只能暫時進行一番休整，等明日才能正式展開攻城。

不知不覺，曹操來到營寨門口，望著前方不遠處的河南城，心中一陣惆悵。他攀上望樓，站在高處向外眺望，見河南城上弓箭手林立，守衛森嚴。

「唉！」曹操重重地嘆了口氣，不住地搖頭。

典韋見狀，不禁問道：「主公因何苦惱？」

曹操道：「我是在為呂布而感到悲哀，幾年前，呂布何其威風，虎牢關下以一人之力獨擋天下群雄，可惜短短的幾個月功夫，呂布只剩下一座孤城，如此人物，若是能夠為我所用，他必然會成為真正天下無雙的呂布……」

「主公是想收服呂布？」典韋聽出了話音，問道。

曹操笑道：「縱然我有此心，也不可能養虎為患，呂布並非一般武將，我雖愛其勇力，卻不敢收服他，**此人不是久居人下的人**，時間長了，就會變得傲慢，一旦他掌握了我軍軍士的心，恐怕就會反叛了。為了以防萬一，還是早早除去才是。」

這時，一匹快馬從東南方奔馳過來，是魏軍的斥候。曹操下了望樓，問道：「是不是軒轅關有消息了？」

那斥候上氣不接下氣，喘了好久才道：「啟稟主公，高順突然從軒轅關撤軍，只留下郝萌和兩千人守關，他親自率領大軍前來河南城救援呂布，大概明日清晨能到。」

曹操道：「高順不愧是一員大將，反應速度竟然如此迅疾……典韋，你去叫徐庶到中軍大帳見我。」

「諾！」

曹操扭頭對斥候道：「你先下去休息。」說罷，便徑直朝大帳而去。

中軍大帳裡，曹操端坐在那裡，等候著徐庶的到來。

過了一會兒，徐庶、典韋、許褚走了進來，齊聲拜道：「參見主公！」

曹操道：「免禮。元直，高順正在回師河南城的路上，大約明日清晨能到，你怎麼看這件事？」

徐庶道：「高順不過一介武夫，仗是沒少打，但是關鍵時刻還是容易犯上一點衝動的毛病，他連夜回師河南城，一路奔馳肯定會疲憊不堪，而且據瞭解，他的帳下至少有一萬五千人的新兵，這些新兵剛剛訓練還沒有一個月，真上了戰場，只怕是一盤散沙。屬下以為，當設埋伏在其必經之路上，然後圍殲高順，迫其投降。」

「正和我意，那麼這件事就交給你去做了，李典、樂進、韓浩、史渙、李通、典韋、許褚全部聽你差遣，你帶一萬精兵去埋伏，務必要一舉擒獲高順。如其不降，就斬首示眾，再行厚葬。我親自坐鎮大營，等候你的好消息。」曹操吩咐道。

「諾。」徐庶回道，轉身出了大帳，心中想道：「主公將所有精兵全部交給我，可見他對我的信任。如果我不把這件事做好，怎麼對得起主公？戲先生，你說得沒錯，主公確實是一位霸主，我必然會秉承你的意志，此生為主公效力。」

河南城中，呂布坐在一面銅鏡前，看到自己面容枯槁，雙眼深陷，甚是憔悴，老態畢現。

「砰！」一拳揮了出去，呂布將那面銅鏡打到地上，銅鏡摔在地上發出尖銳的聲音，甚是刺耳。

呂布打開門，徑直走了出去，隨口吩咐站在門邊的親隨，叫道：「傳令下去，全城戒酒、全軍戒色，但有任何與酒色相關的，發現一個，立即斬首。」

「諾！」

呂布走到馬廄裡，看到自己心愛的赤兔馬正在吃著上等的草料，甚是愛撫地道：「赤兔啊赤兔，你跟隨我也很長時間了，這些日子讓你受苦了，你好好的吃，吃飽點，再過幾天，咱們一起在天下群雄面前展示一番，讓那些所謂的諸侯都看看，我和你是不可戰勝的，是天下獨一無二的。」

赤兔馬像是聽懂主人的話一樣，發出一聲長嘶，四蹄翻騰著，想要立刻馳騁到沙場上去。

「別急，還沒到時候，等到了時候，我一定會讓你和我一起去戰鬥的……」呂布撫摸著馬背道。

「主公……你怎麼在這裡啊，讓我一陣好找。」郭嘉突然走了過來，見呂布和赤兔馬在一起，不禁道。

「有事嗎？」呂布問。

「主公，文醜不聽號令，帶兵撤離函谷關，卻去了孟津，投靠了燕軍，現在燕軍正滾滾而來……」郭嘉道。

呂布什麼話都沒說，只是嘴角揚起一抹淡淡的笑容，整個人顯得很是平靜。

過了一會兒，呂布用一雙冷漠空洞的眸子緊緊盯著郭嘉，問道：「你是軍師，這些事，你自己可以處理，以後不必向我稟告。如果曹操進攻的話，就來告訴我，我一定要手刃曹操。」

郭嘉感到呂布很反常，臉上沒有一點表情，忍不住道：「主公，你……沒有事吧？」

「沒事，這幾天就麻煩軍師了，全城兵馬全部交給你統領，我累了，想歇兩天。」

「歇……歇兩天？」

「嗯，沒事的話，你就去布防吧。」

「諾。」郭嘉轉過身，想：「呂布到底是怎麼了？難道受刺激了？」

# 第七章

# 鬼哭神嚎

呂布想道：「鬼哭神嚎還是太過逼人，還好我一直在控制著，否則後果不堪想像。這一招，我必須留到天下群雄的面前使用，我要讓天下群雄從此記住我的名字，縱然是戰死了，也是天下無雙的戰神，因為，呂布只有一個。」

平明時分，在前往河南城的官道上，高順率領著步騎兵一萬八千人，弄得塵土飛揚，遠遠望去，浩浩蕩蕩的一大片人。

高順騎著一匹青栗色戰馬，手提一桿長槍，臉上顯得甚是著急，扭頭問道：「離河南城還有多遠？」

「啟稟將軍，不足三十里了。」小校答道。

「傳令下去，全軍加速前進，一定要趕到河南城與主公會合。」高順大聲道。

「諾！」

一聲令下，全軍再次提速，騎兵在前狂奔，步兵尾隨其後，逐漸拉開了距離。

向前奔馳了不到五里，高順突然聽到一通戰鼓聲，還沒有反應過來，就見前面道路上湧出一股騎兵，當先一人長得甚是白淨，穿著一身勁裝，眉宇間卻透著儒雅。

高順急忙勒住戰馬，身後的騎兵也都停了下來，他看到那白淨騎士的身後跟著許褚，眉頭便不由得皺了起來。可是，他救主心切，就算前面有人擋道，他也不會畏懼，雖然許褚是個難對付的人，但是他可以不予理會，直接繞行。

「何人擋道？報上名來！」高順喊道。

「高將軍，在下徐庶，現在在魏侯帳下擔任軍師將軍一職，我在此恭候你多時了，還請高將軍速速下馬投降。」

高順哪裡聽過什麼徐庶的名字，氣得臉上青筋直冒，握緊手中長槍，剛要策馬而出，卻看見官道左邊閃出一股馬步軍，為首二人乃是李典、史渙；官道右邊也同樣閃出一股馬步軍，為首兩騎是樂進、韓浩，背後閃出一軍，為首者竟然是典韋，在典韋身邊的則是李通。

魏軍將高順四面圍定，高順帶來的騎兵一共只有三千騎，魏軍足足有一萬人，還是以逸待勞。

高順環視一圈，心中暗道：「糟了，只顧著去救主公，卻忘了敵人可以設伏了，這樣一來，我軍必死無疑，就算後面的一萬五千名步兵趕來，也未必是這支魏軍的對手。唯一的辦法就是迅速突圍，趁著敵人還未合圍之際……」

「殺出去！」高順長槍向前一揮，策馬朝左側衝殺了過去。

他一馬當先，長槍開路，身後的陷陣營士兵連同狼騎兵都各個如同猛虎。

李典、史渙不慌不忙，先讓前排的步兵射了一通箭後便撤了回來，緊著騎兵迎敵，二人一起殺了過去。

高順用長槍撥擋開箭矢，看見李典、史渙帶領著騎兵一起衝過來，冷笑了一聲，長槍猛然出手。

「呀！」一聲大喝，高順和史渙擦身而過，槍尖上帶著幾滴黏稠的血液，史渙的肩膀上已經多了一道傷口。

李典也是使槍的高手，看到高順隨意的一槍便將史渙給刺傷了，快得連他都沒有看清楚是怎麼回事，就像是史渙自己撞了上去一樣。匪夷所思之際，李典刺出了長槍，但見高順側身躲了過去。

高順順勢將李典的長槍給挑開，槍尾一掃，差點打到李典的身上，幸虧李典反應迅速，用槍擋住了。

「噹！」一聲脆響，二人立刻分開，高順直接殺進魏軍的陣營裡，身後跟著的騎兵迅速衝了過來，一個個生龍活虎，硬是將史渙、李典給逼退了。

要知道，陷陣營的士兵都是能夠當小校尉、都尉、軍司馬之類的將領，個個武藝都不錯，這群人聚攏在一起，宛如暴風驟雨一般，李典、史渙沒有喪命在他們的手下已經算是萬幸的了。

徐庶見高順先發制人，部下的陷陣營士兵和狼騎兵各個生猛，便對許褚道：「快去擋住他們，全軍一起圍上，高順若不能生擒，就立刻斬殺，不要姑息！」

許褚眼睛裡放出了亮光，舞著大刀，拍馬便朝高順而去，樂進、韓浩、典韋、李通也一起帶兵殺了過去，大軍開始合圍。

「啊……」一聲聲慘叫不斷響起，分不清是敵軍的還是己方的，高順只顧著向前殺，也不回頭看，用他精湛的武藝殺出了一條血路，衝了出去。

「高順休走！」許褚提刀殺了過來，擋住高順的去路。

高順知道許褚是個麻煩的傢伙，不願招惹，他現在只想回河南城，然後與呂布一起並肩作戰。

高順調轉馬頭，帶著百餘騎親隨向東南走，聽到後面不斷發出的慘叫聲，高順的心裡就難受一分，但是他不回頭，不想看見那悲慘的一幕。

典韋見高順要走，立刻掉頭追趕，和許褚碰到了一起，各自帶著數十名騎兵窮追不捨。

許褚一邊奔馳一邊喊道：「高順小兒，來和爺爺大戰一百回合！」

一路追出了將近兩里路，高順看見後面趕來的步兵，臉上大喜，他快馬馳進自己的軍隊裡，下令弓箭手開始射擊，將許褚、典韋逼退，然後重整陣容，徐徐撤退，不再進攻。

徐庶這邊的戰鬥已經接近尾聲，他看到不斷有人倒下去，自己的部下卻依然屹立在那裡，便朗聲道：「全部殺死，一個不留！」

又過了一段時間，沒有衝出包圍的晉軍士兵盡皆被魏軍屠殺在包圍圈裡。典韋、許褚退回到徐庶身邊，拱手道：「軍師，我們無能，讓高順跑了，他帶著後面的士兵擋住了我們的去路，現在向西南方移動而去。」

徐庶想了想道：「高順跑不遠，你們率領騎兵給我追，務必要提著高順的人頭回來，這個人一旦清醒過來，十分的可怕。」

「諾！」

話音一落，典韋、許褚、韓浩、史渙四人便立刻帶著騎兵追了過去，徐庶和李典、樂進、李通則留下來打掃戰場。

高順一路向後退，這次他不走大路，而是改走小路，向官道附近的山地靠攏。不一會兒，便進入了山地，馬匹勉強能夠行走。

他們這邊剛過來，後面典韋、許褚、韓浩、史渙便帶著騎兵追了過來。

「真是陰魂不散！」高順暗暗地罵了句，即刻令士兵上山，留下一部分弓箭手進行狙擊。

「嗖！嗖！嗖！」

箭矢如雨，射穿了魏軍的一小片騎兵。

亂草叢生，道路難行，典韋、許褚等人也意識到了高順的用意，是想讓步兵發揮優勢，騎兵變成劣勢。

「軍師說得沒錯，高順確實是個危險人物，雖然已處下風，卻能清醒的認清戰場上的變化，光這份睿智，我遠遠不及。」典韋讚嘆道。

許褚罵罵咧咧地道：「管他娘的，衝上去殺了高順再說，那些都是新兵怕什麼？跟我一起衝上去，下馬上馬都一樣，我們都是最強的，衝啊！」

韓浩、史渙道：「許將軍言之有理，大家一起衝，晉軍已經到強弩之末了。」

典韋見許褚不經意的一句話便讓將士們打起了士氣，便立刻叫道：「全軍下馬，徒步前進，斬殺高順者，賞百金！」

魏軍將士頓時士氣如虹，紛紛下馬，冒著箭矢的威脅，借助岩石的遮擋衝了上去。

高順指揮著士兵邊戰邊退，但是士兵們一見到魏軍靠近，便紛紛不知所措，慌亂中，箭也射不好了。

「推石頭砸！」高順抱起一塊大石頭，向山坡下砸了過去，巨石直接砸中了個魏軍士兵的頭，立刻腦漿迸裂，鮮血四濺。

晉軍士兵們看後，也紛紛拋棄弓箭，開始用石頭砸。

「轟隆隆！」一聲聲巨石滾落山下的聲音，讓典韋、許褚、韓浩、史渙等人都感到很無奈，只能被迫退了下來。

後來，魏軍又試了三次，都未取得成效。

眼看就要到中午了，兩撥士兵都是又累又餓，紛紛坐在山坡上休息。

「殺啊——」

高順剛坐下喘了口氣，突然聽到背後傳來喊殺聲，領頭的人正是李典、樂進，他怕被包圍，趕忙帶著士兵沿著山梁，向大山深處跑去。

後面的士兵卻被魏軍前後夾擊給攔住，這會兒那些士兵都紛紛投降了。

典韋、許褚、韓浩、史渙、李典、樂進六人聚在一起，見高順跑了，都是一臉的氣憤。

徐庶在李通的陪同下，來到六個人的面前，笑道：「能夠重創高順，即使沒有抓到他，他也不會再掀起什麼風浪了，趕緊打掃下戰場，大家一起撤回去。」

「諾！」

天色已經微明，太陽還沒有升起。

可是，空氣裡卻已瀰漫著破曉時的寒氣，草上也覆蓋了灰色的露水，海東青在那半明半暗的雲空裡不斷的盤旋著，用牠那銳利的眼睛俯瞰著整個河南城。

河南城的城牆上，晉軍士兵剛剛用過早飯，正在進行著巡邏的交班，**他們絲毫沒有注意到，在天際有一雙眼睛在注視著城中的一舉一動。**

太陽逐漸升起來了，金色的陽光穿透淡淡的薄霧，天空變得明朗起來。海東青拍打著牠巨大的雙翼，發出一聲嘹亮的叫喊，向遠處飛去，最後消失在雲層裡。

河南城北門外十里處的燕軍大營裡，李玉林站在望樓上，焦急的等待著，望樓下面，則是早就全副武裝好的燕軍士兵，黃忠在前，趙雲、許攸站在黃忠身邊，管亥、周倉在後，一萬精銳的士兵嚴陣以待。

過了一會兒，天空中飛來一個黑點，黑點漸漸駛近，正是海東青。

李玉林看見海東青飛了過來，臉上大喜，朝著望樓下的黃忠說道：「啟稟將軍，海東青回來了。」

「嗯。」黃忠輕描淡寫地道。

海東青盤旋而下，落在李玉林的肩膀上，張開牠的利啄，發出一連串的叫聲，李玉林則連連點頭。

隨後，李玉林道：「啟稟將軍，河南城內一切明朗，四個城門都有守衛，以東門防守最強，魏軍大營就在東門外五里處。」

「嗯，出發！」黃忠將鳳嘴刀向前一招，朗聲道。

一聲令下，全軍出發，只留下數百人給李玉林，讓他負責拔營起寨。

河南城中。

郭嘉還搞不清為什麼呂布會突然失去了戰心，但是緊迫的時間沒有給他任何猜測的機會，為了布置城防，他已經全身心的投入到緊張的工作之中。

郭嘉命人將煮沸的鐵水澆灌在西門和南門的城門上，使得鐵質的大門全部被封死了，又將西門和南門的兵力全部移到東門，讓曹性駐守東門，自己則駐守北門。

布置好一切後，郭嘉登上北門的城牆，看著北門外的空地，心裡想道：「按照我的計策，今日黃忠應該帶人抵達這裡了，為什麼遲遲不見燕軍到來？」

正在思慮時，忽然看見城外塵土飛揚，當先一將映入眼簾，不是黃忠還是誰，身後跟著趙雲等將士，黑底金字的燕軍大旗更是隨風飄展。

郭嘉臉上一喜，按捺不住心中喜悅，大聲叫了出來：「太好了，他們終於來了。」

突然，一個陰沉的聲音出現在郭嘉的背後：「軍師似乎對燕軍的到來很高興嘛？」

郭嘉臉上一驚，不用回頭，他就能聽出這是呂布的聲音。

他不動聲色，緩緩轉過身子，看見身材高大的呂布站在自己背後，眼神凌厲的正盯著他看，那種眼神讓他覺得渾身不自在，周圍更是瀰漫著一股殺意。

「軍師和燕軍可曾有什麼瓜葛嗎？」呂布看著不斷駛來的燕軍，隨口問道。

「屬下和燕軍並無什麼瓜葛……」郭嘉打死不認。

呂布冷哼一聲，走到城牆邊，背對著郭嘉，不信地道：「是嗎？」

「是的，屬下和燕軍……」

「喀麗絲似乎不在城中吧？那一千個匈奴人都在孟津駐守，若不是有人投降了燕軍，燕軍怎麼可能渡過黃河進行登岸呢？喀麗絲早就對我有異議，她現在又不在城中，那一千個匈奴人也只聽她一個人的，如果她不投降燕軍的話，照匈奴人的個性，他們是絕對不會投降的。喀麗絲是軍師的女人吧？」

郭嘉聽到這裡，覺得呂布並不像想像中的那麼簡單，此時的呂布似乎對什麼事都很敏感。

「屬下知罪，屬下以為喀麗絲是我的女人，把她派去便能夠擋住燕軍，不想……總之千錯萬錯都是我的錯，請主公責罰。」

「你是有錯，你錯就錯在沒有把自己的女人看好，她是匈奴的公主，我之前派往匈奴的人全部都是杳無音信，看來應該是被守河的燕軍士兵給擒獲了。但是，這又不是你所能控制的，匈奴女人和我們漢人女子本來就不一樣，我不會懲罰你的，但是請你務必守好此門，萬一丟失了，我定斬不赦。」

「諾！」

「哦，對了，燕軍既然到來，勢必會和魏軍聯合攻城，我將收回授予你指揮全城兵力的許可權，現在到了非常時期，萬一楚軍、宋軍以及張濟、樊稠一起攻了過來，我們將陷入苦戰當中，從現在起，我將接管全城所有兵力，先破曹操，再退高飛，然後橫掃整個中原。」

郭嘉感受到呂布身上散發出來的霸氣，和昨日他在馬廄中見到的完全是判若兩人。他沒有說話，只覺得自己像是被釜底抽薪了一樣。

「還有，他一直跟隨在我的身邊，已經有很多年了，武藝也不錯，軍師身邊不能沒有個人照顧，就由他給軍師當個貼身護衛吧，必要時，還能救軍師一命。」呂布指著身後一個中年男子說道。

那中年男人體格健碩，一臉虬髯，抱拳道：「小人呂毅，參見軍師。」

呂布不等郭嘉回答，便對呂毅道：「你好好照顧軍師，無論軍師走到哪裡，你就要跟到哪裡，時時刻刻要保護著軍師，聽說城中混進了奸細，軍師又是十分重要的人，我擔心奸細會暗殺軍師。所以，你能和軍師保持的最遠距離只有三尺。若是軍師有什麼閃失，我一定拿你試問，明白了嗎？」

「屬下明白，請主公放心。」

郭嘉一臉的窘迫，心想：「**呂布這等於是將我完全架空了，看來他已經對我產生了懷疑，到底是因為什麼事才變這樣的呢？**」

呂布拍了拍郭嘉的肩膀，露出陰笑道：「軍師應該大義滅親，何況喀麗絲只是一個匈奴人而已，也沒有明媒正娶，算不上是你的妻子，所以，一旦喀麗絲出現的話，你就必須將她射殺，明白了嗎？」

「屬下明白。」

呂布朝呂毅使了個眼色便離開了，心中暗道：「高飛一向奸詐狡猾，郭晉對喀麗絲也很癡迷，萬一高飛用喀麗絲來要脅郭晉，只怕郭晉會受到影響，為了以防萬一，我只能安排呂毅在他身邊了，一旦郭嘉有任何異常舉動，寧可殺了他，也不能讓他破壞我的大事。」

此時，黃忠帶著騎兵已經到了城池下面，眺望著站在城樓上的呂布對郭嘉如此和氣，心中想道：「郭奉孝竟然能夠得到呂布如此信任，實在是太令人匪夷所思了。」

「停！」黃忠大喊一聲，後面跟著的騎兵都陸續停止了前進。

許攸策馬來到黃忠的面前，問道：「黃將軍，郭奉孝在書信中是怎麼說的，到底要不要攻城？」

黃忠搖搖頭，道：「暫時不用攻城，郭參軍說一切盡在掌握之中。我們只需按照原計劃進行，靜候郭參軍佳音即可。」

郭嘉站在城牆上，看到黃忠命令士兵全軍下馬，然後很是懶散地坐在地上，並且派出十幾個士兵前來罵陣，心裡想道：「糟了，黃忠還在按照我的原計劃行事，卻不知道我已經是自身難保了，必須想辦法通知一下黃將軍才對……」

正思考時，郭嘉看見許攸也在，剛才的憂心也就立刻散去，笑道：「許攸和我故交，若是知道我沒有按照約定打開城門的話，必然會明白我的處境，但願他不要按照原計劃那樣再這麼等下去。」

郭嘉轉過身子，對呂毅道：「我們下城吧。」

「燕軍已經兵臨城下，我們就這樣走了，萬一燕軍攻城呢？」呂毅問。

郭嘉笑道：「燕軍故意擺出那副姿態，是想誘我軍出戰，如果他們真想攻城的話，就不會如此散漫了。你放心，現在沒事，我們去東門，我想，主公應該和曹操之間有一場大戰。」

呂毅將信將疑，但也不敢違抗，只要郭嘉不打開城門，他就不會動手。

二人一起下了城樓，徑直朝東門走去。

此時，呂布騎著赤兔馬上了東門城樓，只見他手握方天畫戟，頭頂束髮金冠，身披百花戰袍，內穿唐猊鎧甲，腰繫獅蠻寶帶，顯得神采飛揚、威風凜凜。

曹性見呂布到來，急忙拜道：「參見主公！」

呂布沒有理會，直接策馬到城牆邊，看著城外魏軍大營旌旗密布迎風招展，問道：「魏軍可有什麼動向？」

曹性答道：「從早到晚，並沒有任何動靜。」

呂布凝視著魏軍大營，見立在營寨邊的士兵一動不動的，便有了一絲懷疑。

正思慮間，見郭嘉、呂毅一起上了城樓，兩人見到呂布專注的神情，都沒敢打擾，靜靜地站在一旁。

「軍師，你可注意到魏軍有什麼不正常的地方嗎？」

呂布沒有回頭，光從上樓的腳步聲中便能聽出是誰來了，這份能力，實在不是一般人能夠做得到的。郭嘉、呂毅、曹性都是一陣驚訝，沒想到呂布聽聲音便能夠知道是誰來了。

「主公……」

郭嘉向前步到呂布身邊，看到呂布一身的穿戴，再看到他的眼神，頓時覺得一陣寒意逼人。**不！不是寒意，是殺氣，極為強烈的殺氣，不管是誰，只要看到呂布的那雙眼睛，都能立刻感到不寒而慄，渾身冰冷。**

郭嘉見過不少武將，英俊瀟灑的趙雲，風流倜儻的張郃，老當益壯的黃忠，不怒而威的太史慈，少年老成的龐德，成熟穩重的徐晃，粗中有細的魏延，獨當一面的陳到，更有文聘、臧霸、管亥、周倉、廖化等諸多將軍，甚至連關羽、張飛、典韋、許褚之類的人，他也見過不少，但是，在他的心裡，從未有過一個人能夠讓他感受到這種氣息。

「咕嘟……」郭嘉吞了口口水，背脊直冒冷汗，額頭上也滲出些許冷汗，正順著臉膛向下滴淌。

他和呂布在一起雖然時間不長，但經常是形影不離，以前他從未發覺呂布有這種攝人心脾的殺氣，甚至剛才在北門時，他也尚未感受到，**只有現在，那種強烈帶著死亡的氣息無法阻擋地向他襲來。**

**他彷彿看到呂布全身覆蓋著一團黑氣，那團黑氣化為了一張詭異的笑臉，似笑非笑，雙眼更是空洞異常……**

「郭晉！」

呂布見郭嘉許久沒有回答，扭頭看到汗流不止的郭嘉，立刻明白是怎麼回事了，他策馬向前走了兩步，大喝一聲。

「啊——主公，你叫我？」郭嘉被呂布的大喝聲叫醒，剛才的想像頓時煙消雲散，此時他發現自己周身的那種殺氣已經漸漸地不見了。

呂布挑起手中的方天畫戟，道：「你看看魏軍的大營，有什麼不同的地方沒有？」

郭嘉急忙點頭，轉身看了過去。

呂布斜視著郭嘉，暗想道：「**鬼哭神嚎**還是太過逼人，還好我一直在控制著，否則後果不堪想像。**這一招，我必須留到天下群雄的面前使用，我要讓天下群雄從此記住我的名字，也讓世人記住我的名字，我呂布，縱然是戰死了，也絕對是天下無雙的戰神，因為，呂布只有一個。**」

郭嘉眺望著魏軍大營，眉頭立刻皺了起來，想道：「這個曹孟德，果然有一套，大營明明空虛了，還要故作聲勢，就連呂布都看出破綻了，那稻草人紮得也不像樣子，沒有主公紮得好，一定是曹孟德偷師的。」

回過頭，郭嘉道：「啟稟主公，屬下看的大致差不多了，屬下可以肯定，這會兒魏軍大營裡一定沒有那麼多兵馬，只有半數。」

呂布問道：「曹操故意如此，你可知道為什麼嗎？」

「難道……」郭嘉想了想道，「難道是帶兵半道伏擊高順將軍去了？」

「極有可能。」呂布很有把握地道：「以我對高順的瞭解，他若知道我被圍在此處，把守軒轅關也就失去了意義，必然會留下一部分兵力牽制敵人，然後親自率領大軍迅速返回。按照行程，高順也應該到了，可是現在還沒有什麼動靜，連個人影都見不到，而且魏軍將士又行為反常，看來高順凶多吉少。」

「高將軍吉人自有天相，一定不會有事的，請主公寬心。」曹性勸慰道。

「不怕一萬，就怕萬一。軍師，你有何計策？」呂布問道。

「屬下以為，當立刻出城攻擊魏軍大營，趁曹操的精兵未回，應該先破曹營，再行追擊。若成功，一戰則可擒獲曹操。」

呂布道：「很好，曹性，整頓兵馬，召集兩千騎兵，跟我一起攻擊魏軍大營。」

「諾！」

呂布看了一眼郭嘉，問道：「燕軍已經兵臨城下，你為何不去守好北門，而來東門？」

「燕軍疲憊，黃忠智勇雙全，必然不肯冒然攻城，而且攻城也沒有什麼好處，我想他們不會做出那麼傻的事情來，更何況城防堅固，護城河寬闊，城牆上弓箭手林立，如果沒有攻城器械，根本無法攻打城池。」郭嘉道。

呂布沒有說話，轉身策馬下樓，對郭嘉道：「那你們就站在城樓上觀戰，若有新的敵人加入，立刻鳴金收兵。」

「諾！」

一聲令下之後，呂布便下了城樓，和曹性一起召集了兩千兵騎兵，一千名擅於近戰的騎兵，一千名擅於射箭的騎兵，組成一個遠近都能交戰的騎兵隊伍，集結在城門邊。

「放下吊橋，打開城門，全軍出發，進攻魏軍大營。」呂布大喊。

曹操一直端坐在營帳中，正在奮筆疾書，乃是仿《孫子》十三篇而作，以自己的名字命名，書曰：「孟德新書。」

忽然，他感到地面一陣顫抖，耳邊傳來滾滾馬蹄聲。他以為是徐庶帶著士兵們凱旋而歸，便沒有在意，嘴角上露出了一抹笑容，繼續書寫。

沒過多久，一個小校闖了進來，報道：「啟稟主公，呂布親率兩千輕騎前來攻打營寨。呂布一馬當先，勢不可擋，率先衝到了寨門下，大戟一揮便將寨門打開了，如今兩千輕騎正在營中肆虐，呂布更是朝著中軍大帳而來，還請主公趕緊更換服裝，借機逃走。」

曹操聽後，毛筆直接掉在了紙上，將他剛剛寫好的一篇給弄髒了，驚詫地道：「你說什麼？」

「主公，呂布已經殺入營中，現在虎豹騎正在抵擋呂布，但是呂布勇猛異常，一百虎豹騎死傷過半，請主公迅速換裝，從帳後逃走。屬下願意頂替主公，引開呂布。」

曹操二話不說，直接脫去了衣服，然後和那個身材和他差不多的小校更換了衣服，直接提劍斬開後帳，奔了出去。

呂布一人奮力拼殺進來，彷彿鶴立雞群，大戟一揮，死傷一片，在別人眼裡看來，只感覺一團火雲馱著一團黑霧，緊接著一點銀光從黑霧中吐出，待反應過來時，才看到那銀光竟然是呂布的方天畫戟。

「哇呀……」一聲聲慘叫，一道道血柱噴湧，呂布所過之處，但凡有前來阻攔的，直接被他給秒殺了。

**什麼是戰神，這就是戰神，秒殺的節奏，讓人體會不到絲毫的痛苦，只有一臉的無奈和臨死前的一聲慘叫。**

呂布被剩餘的數十個虎豹騎包圍住，憨鬥了一陣，身邊一顆顆頭顱飛起，一具具屍體墜馬，鮮血染紅了大地。

天地間充滿了血腥的味道，呂布殺得正起勁時，突然看見中軍大帳裡穿著曹操戰甲的人跑了出去，登時大喜，大叫道：「曹操休走！」

虎豹騎立刻前來阻擋，十幾名騎兵大聲喊道：「主公快走！」

「不自量力！」呂布雙腿一夾馬肚，大戟向前一挺，立刻殺了出去。

「哇呀……」十幾聲慘叫，十幾名虎豹騎根本沒有看清楚呂布是怎麼出手的，自己的喉嚨就被挑破了，紛紛墜落馬下，捂著脖頸在地上一陣抽搐。

呂布只一會兒工夫便趕上了「曹操」，大戟向前一刺，直接將假曹操刺了個透心涼。

「哈哈，曹操死了，曹孟德死……」

呂布一把將曹操的屍首給挑了起來，當看到曹操的臉時，臉上的笑意頓時僵住，這根本不是曹操。

「曹操！給我出來受死！」呂布一個挑斬，將假曹操給斬得粉碎，憤怒地喊道。

曹操穿著小校的衣服，剛跑出後帳沒多久，便見曹性帶著人正在軍營中肆無忌憚的廝殺著。他很清楚自己軍隊的戰鬥力，精兵都被徐庶帶走了，留下來的雖然不是老弱病殘，但是面對晉軍的凶悍根本不堪一擊。

他見曹性殺得興起，自己便朝其他方向走去，又見晉軍騎兵阻路，無奈之下，只能再行改道。

他穿梭在軍營中，手提倚天劍，但凡遇到一兩個人的晉軍士兵，立刻將其斬殺，但是遇到一股人時，只能暫時躲避。

他始終堅信一句話，那就是「**大丈夫不立於危牆之下**」，他是魏侯，是萬金之軀，他要是死了，就太不值得了，**為了保護自己，他甚至可以犧牲掉一切，因為他有自己心中的理想，他要用自己的雙手結束這個亂世，然後再由他營造出來一個興盛的帝國。所以，他不能死，也不想死。**

「曹操！快出來受死！」呂布騎著赤兔馬漫無目的的在軍營中找尋，時不時發出一聲巨吼，讓整個軍營的人都聽到了這句話。

曹操也不例外，正走到一處營帳旁邊時，忽然聽到呂布的這聲吶喊，嚇了一跳，當看見呂布騎著赤兔馬從他眼前過去，他更是一陣心驚膽寒，急忙找個地方躲了起來。

曹操拍了拍心跳不止的胸脯，在心裡緩緩地說道：「真是晦氣，冤家路窄，怎麼和他在這裡相遇了。」

整個魏軍大營已經亂作一團，呂布突然發動襲擊，讓誰都沒有想到，那些拄著兵器站崗的士兵都還在休息，當聽到馬蹄聲來臨時，卻發現呂布已經到了跟前，根本來不及進行射擊，便被呂布一戟刺死。

跟在呂布身後的兩千騎兵也順勢攻了進來，直接進入大營，在大營裡往來衝突。

曹操看著動亂不已的大營，自己的士兵一個接一個倒下去了，呂布也不見了蹤跡，除了聽到廝殺聲外，其餘的什麼都聽不到了。

「我真是大意，雖然虛張聲勢，卻因為離城太近了，又沒有讓士兵進行必要的走動，難怪會被人看出端倪。我真後悔，幹什麼把典韋也派出去，現在呂布勇不可擋，誰又能擋得住他呢？」曹操悔恨不迭。

「曹操！曹操……」一聲大喝從曹操的背後響起，那聲音是如此的熟悉，除了呂布，誰有如此霸氣。

曹操頓時大驚，不敢回頭，拔腿就跑。

「站住！」呂布策馬跟了過來，將手中方天畫戟直接架在曹操的脖子上，喝道：「曹操何在，說了饒你不死！」

曹操心中鬆了口氣，敢情呂布並沒有認出他來，他謝天謝地了一番，伸手隨便指了指，捏著腔調說道：「前面那個軍司馬便是。」

呂布將方天畫戟在曹操的頭上的鐵盔敲了一下，輕蔑地道：「算你識相。」

曹操心中一陣膽寒，聽到呂布走了，立刻拔腿便跑，一路上又遇到幾個小校，然後又帶了一些士兵，一路朝東撤了出去。

呂布照曹操指的方向趕上那個軍司馬，一戟刺了過去，再一看，竟不是曹操，心中直罵娘，轉眼曹操早已跑得無影無蹤了。

魏軍邊戰邊退，兵敗如山倒，呂布在大營裡找不到曹操，便率部開始追逐。正追逐間，忽然看見從東北方殺出一員大將，旗手扛著黑底金字的燕軍大旗，領頭的將軍正是黃忠。

呂布心中一驚，想道：「若是受到兩方的同時進攻，那就會陷入苦戰……」

「撤！」呂布當即立斷，調轉馬頭，立刻帶領部下撤退。

曹性藏在士兵當中，但見黃忠舞著大刀第一個衝過來，立馬舉起手中的弓箭瞄準黃忠，算好風速、距離後，射出了一箭。

黃忠見冷箭襲來，用刀撥落，另外一手取出拴在馬鞍下面的弓箭，用腳蹬開，手拿箭矢，拉開弓弦，朝冷箭來的位置射了過去。

「嗖！嗖！嗖！」黃忠三箭齊發，飛出去的三支箭保持著一致的速度，若不是從側面看，肯定會被人誤會成是一支很長的箭矢。

曹性看到一條拖著長尾巴的箭矢，沒想太多，只輕輕一閃，便輕鬆的避過第一支箭矢，沒想到第二支箭尾隨在後，他大吃一驚，卻又無法阻擋。

只聽見「噗」的一聲，第二支箭矢貫穿了曹性的胸膛，直接插進了心窩，然而，緊接著第三支箭矢從第二支箭矢的尾部再次射進曹性的身體裡，將第二支箭劈成了兩半。

「哇呀……」曹性大叫一聲，吐血身亡，從馬背上墜落，瞬間便被後面的騎兵馬蹄輾得不成樣子，血肉模糊，就連他親娘見了也不一定能夠認識他了。

**冷箭之王遇到了百步穿楊的黃忠，箭法的精妙立刻便分出了高下，**黃忠不愧是有名的神射手。

呂布親眼目睹了黃忠射殺曹性的那一幕，聽到曹性的一聲慘叫，望見黃忠一馬當先的殺了過來，心底不由得對黃忠起了一絲欽佩之意，而這時身穿小校服裝的曹操也帶兵回擊。

當他看見曹操穿的衣服時，登時悔恨不已，若是當時他一戟將那個小校殺死，那他殺死的可就是曹操了。

「該死的曹操，真狡猾，居然敢喬裝打扮，下次我一定不會放過你的。」

河南城的城牆上，郭嘉看見呂布帶兵返回，黃忠帶兵在後尾隨，立刻對呂毅喊道：「快去打開城門，迎接主公進城。」

呂毅救主心切，轉身便走。

「刷！」郭嘉立刻抽劍而出，以迅雷不及掩耳之勢將利劍從背後刺入呂毅的身體。

呂毅感到一陣疼痛，回頭望見是郭嘉捅了自己一劍，立刻拔劍而出，想要揮砍郭嘉。

郭嘉急忙跳開，對周圍的士兵喊道：「你們還愣著幹什麼？呂布強行抓你們入伍，逼迫你們妻離子散，現在是你們報仇的時機，快斬殺呂毅。」

河南城中共有一萬的士兵，其中八千是新兵，都是被強徵入伍的，這些士兵對呂布可謂是恨意綿綿。郭嘉在河南城的時候，平時沒事總喜歡在這些新兵中走訪，對他們噓寒問暖，所以早已深得士兵的心，紛紛表示願意為郭嘉效力。

此時，呂布帶著兩千精銳騎兵離開城池，郭嘉見機會來了，立刻採取行動。那些士兵立刻一擁而上，將呂毅砍成了肉泥，然後將屍體拋到城下。

「快！千萬不能讓呂布進城。」

士兵們聽從郭嘉的指揮，紛紛張弓搭箭，瞄準快要奔到城下的呂布，射出了箭矢。

呂布見到城牆上的士兵向自己射箭，郭嘉站在那裡獰笑，立刻明白過來，心中雖怒，但是已然不能進城了，後面又有追兵，情急之下，立即調轉馬頭，向東南方向跑去。

臨走前，呂布還惡狠狠地瞪了郭嘉一眼，**眼神裡有一種說不出的意味，失落、憤怒、不解，攙雜在一起，除了他自己，別人無法解讀。**

呂布沒有入城，帶著剩下的一千五百名騎兵快速離開了，頭也不回的朝東南方向而去，他要去尋找高順，和高順合兵一處，殺出司隸這個籠子，再去尋找一塊屬於自己的天地，然後東山再起。

黃忠見呂布遁去，郭嘉奪取了城池，立刻停止追擊，奔到城下，對城樓上的郭嘉豎起了大拇指，誇讚道：「郭參軍，老夫對你可是佩服萬分啊，居然這麼快就奪取了城池。」

郭嘉見曹操帶人過來，一臉的不爽，朝黃忠使了個眼色，也不打開城門，轉身離開了城牆，只對部下士兵吩咐道：「誰也不准打開城門，將此處城門封死。」

「諾！」

黃忠見曹操到來，拱手道：「在下黃忠，見過魏侯。」

曹操現在是又氣又怒，好好的一座河南城，居然就這麼輕易的被高飛給占領了，而且還是建立在他損兵折將的基礎上。

他聽到黃忠的話，隨便回了一禮，道：「我要見你們家侯爺。」

黃忠道：「魏侯莫急，我家侯爺明日才到。我家侯爺早有吩咐，若是遇到魏侯，一定要前來拜謁魏侯，今日一見，魏侯果然名不虛傳。」

曹操看出黃忠眼中帶著譏諷，再看看自己甚是狼狽的樣子，哼了聲，對黃忠道：「若你家侯爺到了，請派人通知我，我必然會登門拜訪。」話音一落，轉身便走。

黃忠也不糾纏，帶著士兵轉向北門。

銀白的月光灑在地上，到處都有蟋蟀的叫聲。夜的香氣瀰漫在空中，織成一個柔軟的網，把所有的景物都罩在裡面。

河南城的城牆上，「晉」和「呂」字的大旗已經全部被換成黑底金字的「燕」字大旗，在夜風的撫慰下，顯得很是嫵媚。

太守府中，燈火通明，剛剛抵達沒有多久的高飛端坐在那裡，大廳裡文武齊聚一堂，都顯得很是高興。

郭嘉不費一兵一卒奪取了河南城，又使得呂布一步步走向敗亡，作為首屈一指的大功臣，被高飛請到了離自己身邊只有半米的位置上坐下。

「今日呂布敗走，此城被奪下，不僅將呂布原有財物、糧草、武器等輜重照單全收，還添了兩萬餘降兵，這件事奉孝功不可沒，待回到薊城後再行賞賜。今夜諸位當開懷暢飲，好好休息，等明日一早，要全部出城搜尋呂布，這頭猛虎不可不擒，也絕不可姑息，倘若他有了立錐之地，以後必然會成為一個禍害。」

「諾！」

文醜看了眼坐在高飛身邊的郭嘉，臉上帶著複雜的表情，他萬萬沒有想到，一直備受呂布器重的郭晉，居然是高飛的人。

他雖然有過懷疑，但是見郭嘉出謀劃策從未有過紕漏，還幫呂布打了不少勝仗，懷疑自然就被打消了。**今天他才知道郭晉就是郭嘉，一切都是高飛的算計，對高飛的深不可測，更是感到欽佩不已。**

許攸看到郭嘉獨吞大功，心中雖然不是很爽，但也很佩服郭嘉的膽略，如果換做是他，別說在呂布眼皮底下待一天，就是待上一個時辰，他都不樂意，更別說取得呂布信任，對其言聽計從了。

其餘眾人都紛紛替郭嘉感到開心，共同舉杯，紛紛敬郭嘉一杯。郭嘉倒是很謙虛，但對眾將的敬酒，他還是喝了幾口。

一杯酒下肚後，黃忠便道：「主公，魏侯曹操很想和主公見上一面……」

「嗯，就算曹操不說，我也會去和他見面的，自從討伐董卓之後，我和他就未再見過面，一別兩年多，重新聚首，不知道會是何等場面？黃將軍，你去安排一下，一會兒隨我一起出城，去見曹操。」

許攸聽到高飛要去見曹操，覺得自己的機會來了，他和曹操很熟，可以在曹操和高飛之間周旋，便上前一步，抱拳道：「主公，請讓我和主公同去。」

高飛點點頭，點名道：「黃忠、趙雲、郭嘉、許攸，你們四個和我一起到魏軍大營見曹操，其他人留守城池，文醜、管亥、周倉、李玉林負責城中治安，安撫城中百姓。」

「諾！」

# 第八章

# 蝴蝶效應

蝴蝶扇動一次翅膀，竟造成一次時空效應，將本不該屬於這個世界的唐亮給帶了過來，附身在高飛的身上。隨後，這隻蝴蝶一直在以自己的方式改變著整個世界，他的出現，也必將使得原有的一些東西打亂。

河南城外，魏軍大營。

大帳中，曹操躺在臥榻上唉聲嘆氣的，額頭上放著一塊濕毛巾，身邊環繞著諸位將軍，每個人都是一臉的哀愁。

徐庶從帳外走了進來，看到諸位將軍都在，曹操還躺在臥榻上，便走到臥榻前面，道：「主公，好點了嗎？」

曹操有氣無力地道：「該死的呂布，該死的高飛，還有那個該死的郭嘉，三個人就像串通好一樣，竟然這樣氣我。我軍與呂布對戰近兩個月，眼看就要攻克城池了，卻不想高飛的兵馬一到，立刻便接管了城池，真是氣死我了……」

「主公不必動怒，如今不是計較城池歸誰的時候，呂布尚在逃逸，以屬下的推斷，很有可能是去和高順帶領的殘部會合了，如果兩軍會合在一起，奔赴軒轅關的話，以呂布的實力，很有可能從軒轅關殺出去，情急之下，或許還會投靠楚軍或者宋軍，當務之急，是儘快聯合燕軍追擊呂布，如此一來，楚軍或者宋軍未必肯收留呂布。」徐庶道。

曹操聞言，一把將額頭上的毛巾給扯了下來，一躍而起，連鞋也沒有穿，光著腳站到地上，看著帳中的諸位將領，大聲道：「李通留下守衛營寨，其餘人全部跟我一起率領騎兵追擊呂布。另外，把話放出去，誰敢收留呂布，就是和我軍為敵！」

「諾！」

這時，一個小校走了進來，拜道：「啟稟主公，燕侯率領黃忠、趙雲、許攸、郭嘉四人前來探望主公。」

「他來得正好，我正要去找他呢。」曹操道：「把他請到議事大帳，我隨後就到。」

小校退走後，徐庶便對曹操道：「主公，此時燕侯到來，必然也是為了呂布的事，主公千萬不可表現的太過著急，這樣一來，燕軍就會投入多一點的兵力。」

「嗯，我自有分寸，軍師和我一起前往，其餘人都準備去吧，明日一早便出發。」曹操道。

「諾！」

隨後，曹操穿上鞋子，帶著徐庶、典韋、許褚三個一起去了議事大帳。

大帳裡，高飛等人已經等候在那裡了，見曹操帶著人來，一起站了起來。黃忠、趙雲、許攸、郭嘉齊聲拜道：「見過魏侯。」

徐庶、典韋、許褚回拜道：「見過燕侯。」

說話時，徐庶的眼睛還在不住地打量著高飛、黃忠、趙雲、許攸、郭嘉五個人。

「哈哈，賢弟，我們一別兩年，今日再次重逢，賢弟是越發健壯了。」

曹操等屬下們都互相寒暄了一下之後，便上前抱住高飛，一臉的笑意，完全看不出剛才在大帳裡的怒氣。

高飛也笑了起來，禮貌地抱了抱曹操。

他再次看到曹操，覺得曹操的鬍鬚又長了不少，皺紋也添了幾根，身體富態不少，便道：「幽州乃苦寒之地，北接草原，東臨大海，廣袤千里，風大、沙大，土地也不好，才會養成我這樣一個粗獷身體，倒是孟德兄這兩年養尊處優，身體胖了不少啊。」

「那是，我兗州土地肥沃，沃野千里，百姓安居樂業，商賈往來頻繁，地產豐富，自然會生活的好點，到現在我們兗州還有數百萬石存糧呢，吃喝不愁。」曹操大肆吹噓道。

高飛邪笑了一下，心中想道：「這個曹操，吹牛快要吹上天了，誰不知道兗州去年發生了嚴重的蝗災，弄得莊稼幾乎顆粒無收。」

曹操一把拉住高飛，走到最上面，兩人平起平坐，一臉的笑意，顯得甚是融洽。

「賢弟此來所謂何事？」曹操開門見山地道。

高飛道：「孟德兄真會開玩笑，不是你對黃漢升說要見我的嗎，怎麼反問起我來了？說吧，你找我到底有什麼事？咱們自家兄弟，一家人不說兩家話，以前我們之間的一些誤會，就讓它過去吧。」

曹操想起曾經和燕軍進行過的兩次交戰，一次是在青州，另外一次是在兗州的東郡，雖然沒有什麼大規模的衝突，但是他的心裡還是隱隱感覺到來自黃河以北的威脅。

如今，**高飛已經完全占領了黃河以北，幽州、冀州、並州還有兗州部分、青州部分，成為天下少有的一方霸主**，這讓曹操感到很是不安，很後悔當初和高飛簽訂什麼盟約，雖然他也需要休養生息，可是他沒有預料到高飛會唆使呂布來中原搗亂，攪得他不得不帶兵來解除呂布這個威脅。

「是啊，過去的就不要再提了，咱們現在是一條繩的螞蚱，呂布不死，我心不安，想必賢弟也是這種心情吧？所以我想請賢弟和我一起組建一支聯軍，向東南搜索呂布，絕對不能讓他逃跑了，也不能讓他投降任何人，這個人實在太危險了。」曹操道。

高飛道：「嗯，我正有此意……」

不經意間，高飛發現了站在典韋、許褚前面的徐庶，見徐庶長相俊美，眉宇間透著一股英氣，看上去有點瘦弱，卻又帶著威武，整個人看起來很是順眼，便問道：「孟德兄，這位是？」

曹操道：「這是我的軍師將軍，姓徐名庶，字……」

「元直是嗎？」高飛接話道，目光中流露出欣賞之色。

曹操起疑道：「賢弟知道徐庶？」

「略有耳聞，略有耳聞……」

曹操心道：「這個高飛，為什麼知道的人才總是比我早，幸虧我先將徐庶給留下了，不然的話，高飛一定會去搶走他的。可恨！他有了那麼多謀士和武將，各個都能獨當一面，要是還敢來搶我的人，我一定不會對他客氣。」

徐庶聽兩人談到自己，趕忙上前拜道：「在下徐庶，拜見燕侯。」

看著站在自己面前的這個人是徐庶，高飛沒想到徐庶竟然落入了曹操的手裡，看徐庶的樣子，似乎還是心甘情願的。

**蝴蝶扇動一次翅膀，竟造成一次時空效應，將本不該屬於這個世界的唐亮給**

**帶了過來，附身在高飛的身上**。隨後，這隻蝴蝶一直在以自己的方式改變著整個世界，他的出現，也必將使得原有的一些東西打亂。

短短四年時間，他從黃巾起義一路走到現在，歷經的事情可謂很多很多。其中有過喜悅，有過悲傷，有過鐵血，有過柔情，更有諸侯間的勾心鬥角和頻繁的戰爭。

有時候，當他靜下心來，獨自一人凝思的時候，他會特別想回到過去，回到以前，回到那充滿現代化的都市裡，繼續開著他的車，周遊各個地方，去尋找對自己有利的商機。可是，**他心裡明白，他回不去了，他只能待在這個地方**。

而今，他對那些名人、名將以及數不清的形形色色的人物早已司空見慣，對他而言，沒有一個人是笨蛋，只要加以教導，都會成為出色的人才。

他留在這裡，成為人人敬仰的燕侯，身上的擔子也越來越重，也讓他體會到作為萬民之主的責任。

為了結束戰亂，**他會繼續不斷地發動戰爭，以暴制暴是這個亂世最強的生存法則，孔孟之學，老莊之道，都無法解救這個亂世，唯一的方法，就只有用這個最強的法則了**。

他曾經想過當皇帝，可是帝王機制並不健全，並不是每個帝王都是那麼的英明神武，他要做的，**只能慢慢地讓自己的理念滲透到這個世界裡，讓世人去接受，去熟悉，只有這樣，才能從根本上結束戰亂，保持一個國家的長治久安。**

「徐庶進了曹操的軍營，那**諸葛亮、龐統、周瑜又在哪裡？這些人我都還沒有遇到，許多知名人物都還未登場，看來我的擔子任重而道遠啊。**要想打造一個穩固的江山，人才是必不可少的，**我必須要在有生之年打造出一個真正的強盛國度。**」高飛心裡暗暗地想道。

「賢弟……賢弟……」曹操見高飛坐在那裡兩眼呆滯，一眨不眨的，臉上也沒有一絲的表情，急忙叫道。

「哦？孟德兄，你叫我？」高飛剛才走神了，聽到曹操的聲音，回過神來。

「賢弟，你剛才想什麼呢，竟然想的那麼入神。」曹操問道。

高飛從心裡認為曹操是一個雄主，看著此時一臉笑意的曹操，不知道為何，**他有一種想把曹操收為己用的想法**。當然，他也知道，這根本是不可能的事，曹操何許人也，和他是平起平坐的魏侯，怎麼可能會受他人擺布？

「孟德兄，**你知道共和制度嗎？**」高飛刀走偏鋒，想借機試探一下曹操是否有接受新理念的胸襟，便問道。

「共和？那是什麼東西？」

「簡單的說，就是我和你共同掌管一個國家，沒有所謂的皇帝，只有一個國家元首和議員，元首是國家的形象，是國家的代表，國家所做出的決策，全部要經過議會進行表決後才能確定發布所謂的聖旨，如果我將燕國和你的魏國合二為一，你覺得怎麼樣？」

曹操瞪大了眼睛，看著坐在身邊的高飛，彷彿聽到什麼天方夜譚一樣。

在場的人沒有一個不驚訝的，他們都聽不懂高飛所說的，在他們的觀念裡，如果沒有皇帝，那天下不是亂套了嗎？

他們只聽懂最後一句話。然而，**人們爭來爭去，不就是想自己獨霸天下嗎，**那些死命跟隨的謀士和武將，不都是為了能夠成為開國功臣嗎，又有誰會甘願將自己得到的地方拱手送給別人？如果有，那麼那個人一定是個傻子。

合二為一，這輕描淡寫的一句話，卻讓大帳內的人各懷想法。在眾人的心裡，都認為這是公然的挑釁。**高飛不傻，曹操也不傻，兩個人誰會心甘情願的把自己的地盤讓出去?!合二為一，這個極有深度的寓意，其實就意味著戰爭，就意味著其中一方吞併另外一方，只有這樣，才是合二為一。**

**「高子羽是在試探我有沒有吞併燕國的想法嗎？」**

曹操凝視著高飛，透過高飛那深邃的眼睛，他絲毫看不出也看不懂高飛在想些什麼，他還是頭一次遇到這樣的事。

銳利的目光無法穿透別人的思想，曹操所擁有的驕傲立刻化為一文不值的東西，**坐在他身邊的這個男人讓他感到了一絲從未有過的恐慌。**

**「或許他並不是在試探我，而是在向我示意，示意他有吞併我魏國的野心，示意讓我做好準備……」**

曹操的眉頭鎖的更緊了，他的目光犀利，眼神卻很渙散，若有所思的樣子。

「高子羽，你這是公然向我挑釁嗎？好吧，我接受你的挑釁，不管你什麼時候想攻打魏國，我都會誓死保衛魏國，有我在，就有魏國在，我不會讓人隨意踐踏我的子民。」曹操想了許久，對高飛說道。

高飛聽後，只輕輕地嘆了口氣，搖搖頭道：「孟德兄，看來你還是不懂我說的意思。」

「我明白，我非常明白，如今賢弟貴為燕侯，在短短的幾個月內，便先後平滅了公孫瓚、袁紹，又奪取了呂布的並州，將呂布趕得無家可歸，賢弟也算是威震天下了。以賢弟的雄才大略，我必然會成為賢弟的絆腳石，賢弟要繼續爭奪天下，那麼魏國就首當其衝，我不是一個懦夫，我會接受賢弟的任何挑釁的……」

大帳內的氣氛變得緊張起來，剛剛還是歡聲笑語，這會兒卻是充滿了火藥味。

高飛冷笑道：「如果孟德兄是這樣解讀我剛才所說的話，那我覺得我和孟德兄沒有什麼可以談的了，我們之間的想法差得太遠了，你雖然很聰明，可是思想卻很落後，請你認真思考我的話……就此告辭！」

話音一落，高飛起身要走。

典韋、許褚不約而同地堵在大帳門口，典韋從背後抽出兩把雙鐵戟，許褚則瞬間抽刀而出，兩人同時喊道：「誰也不准走！」

「唰！」黃忠、趙雲亦是抽出腰中利劍，擋在高飛的面前，劍尖直指典韋、許褚，瞪著眼睛大喝道：「誰敢動我主公！」

許攸、郭嘉也急忙站在高飛的身邊，凝視著典韋、許褚，又不時看了看背後的曹操。

「哈哈哈哈……」高飛見到如此陣勢，大聲地笑了起來，道：「孟德兄，看來你的手下要取我性命啊。」

曹操緩緩站了起來，看了下徐庶，見徐庶若無其事地站在那裡，立刻明白過來，怒視著典韋、許褚，呵斥道：「退下！」

典韋、許褚吃驚地道：「主公，若是放走了高飛，只怕會後患無窮啊，現在他可是插翅難飛……」

「退下！」曹操的聲音並不大，卻讓人感到有一種不可抗拒的力量。典韋、許褚無奈之下，讓出了一條路。

高飛轉身朝曹操拱手道：「孟德兄，請多多保重，不過呂布的事，還請孟德兄多多操心。」說完，便在黃忠、趙雲的保護下走出大帳，許攸、郭嘉緊緊相隨，一行人很快便出了魏軍大營。

「主公錯失良機，只怕以後高飛會成為主公最強勁的一個敵人，此人霸氣內斂，心機頗深，帳下謀士、良將無數……唉！」徐庶搖搖頭，不再說話了。

「高飛是什麼樣的人，我自然知道，但是，這次我放走他並不後悔，普天之下，能讓我曹孟德看在眼裡的人不過寥寥，本以為袁紹兵多將廣，會成為河北霸主，哪知道會被高飛打敗。今日再次見到高飛，我就意識到他將會是我一生的敵人，同時也會是我一生的朋友，這種亦敵亦友的心情，軍師能夠理解嗎？」

徐庶道：「放虎歸山，後患無窮，主公不該如此感情用事。屬下雖然明白主公那種惺惺相惜的情感，可是也必須提醒主公，過不了幾年，主公和高飛之間必有一場大戰。」

「**高處不勝寒，人生得一敵人足矣**。我很想和高飛堂堂正正的打一仗。軍師，今天這件事就這樣算了，**以後再有諸如此類的事，必須要先問過我。你要清楚，我是你的主公，你只是我的軍師。**」

徐庶看到曹操的臉上帶著警告的意味，仍是一臉的淡定，說道：「屬下明白。」

回到河南城的高飛等人，可謂是有驚無險，典韋、許褚的突然發難，超乎了所有人的預料。

大廳裡，郭嘉說出自己得出的結論：「主公，就剛才的情況來看，顯然曹操也被蒙在鼓裡，**徐庶才是操縱整件事的人。**」

「這個徐庶到底何許人也，竟然如此黑心？」

許攸剛才也是心驚膽戰，如果曹操真的要殺高飛的話，他會第一個跳到曹操的身後，向曹操作揖，表示願意投降他。

當然，這是在情急之下的求生之策，畢竟人不為己，天誅地滅嘛，他是一個很會為自己打算的人，以前還想捨棄高飛去投靠曹操的，可是經過一步步的走來，他忽然發現，高飛要比曹操強。

「典韋、許褚皆是曹操貼身近衛，唯曹操命令是從，今日卻很反常的聽了徐庶的命令，不能不說徐庶這個人很深沉啊。」趙雲分析道。

高飛聽後，冷笑道：「聽子龍這麼一說，我倒是覺得曹操是故意放我們走的，曹操生性多疑，剛才的一幕你們也都看見了，典韋、許褚顯然是暗中受了徐庶的指示，而這件事，徐庶並沒有稟告曹操，如果我是曹操的話，我也會吃驚，自己的貼身護衛竟然被別人指揮著，這是多麼可怕的威脅。另外，一旦我軍和曹操開戰的話，宋軍和楚軍也勢必會參戰，尤其是袁術的宋軍和曹操爭奪豫州不下，積攢了不少舊怨，如此一來，曹操大軍就會陷入四面受敵的狀況。他是個聰明人，不會做出如此蠢事，必然會賣給我一個人情。」

黃忠聽後，感覺高飛分析的很在理，便道：「主公分析的絲絲入扣，細細想來，合情合理。只是，屬下以後懇請主公不要再以身犯險，幸好今天是徐庶的個人想法，如果真是曹操要殺主公的話，只怕是插翅也難飛了。」

「請主公以後以萬金之軀為重，千萬不要再以身犯險，此乃燕國之福，萬民之福。」趙雲、黃忠、郭嘉、許攸異口同聲道。

高飛點點頭道：「大丈夫不立於危牆之下，我記下了，以後不會再出現類似的事，你們都下去吧，明天一早，帶兵大軍開始搜索呂布的行蹤，絕對不能夠讓呂布逃出司隸。」高飛道。

「諾！」

魏軍大營。

曹操獨自坐在大帳裡，現在背脊上還冷汗直冒，**他想不通，為什麼跟隨他那麼久的典韋和許褚會突然聽命於徐庶**，更想不通的是，徐庶對自己不卑不亢，不畏不懼，這樣的一個奇男子，讓他覺得像謎一樣。

誠然，他知道放走高飛會後患無窮，可是一旦殺了高飛，只怕魏國會突然坍塌。不僅會讓他失信於天下，更會讓他背上背起盟約的罵名。

虛名，他以前並不在乎，可是如今，**名聲的好壞直接影響到人才的去留**，他不得不為自己的名聲考慮一下。

為了攻取徐州，他借用為父報仇的名義屠殺了徐州數十萬百姓，那一具具枯骨現在還在泗水岸邊埋葬著，那裡更是成了不毛之地，殺虐太重，讓他一下子失去了徐州士人、百姓的向心力，而徐州之後多次爆發的小規模反抗，也證明了他們不願意接受他曹操的統治，骨子裡還恨著他。

「主公，典韋、許褚前來負荊請罪！」帳外傳來通報聲。

曹操走到帳外，看到典韋、許褚跪在地上，光著上身，背上背著荊條，皺起眉頭道：「你們這是幹什麼？」

「我們前來負荊請罪，請主公原諒。」

曹操看了眼站在不遠處的徐庶，見徐庶一臉的冷漠，心裡想道：「這個徐庶，果然是一個非常有手段的人，我雖然不知道典韋、許褚是如何聽命於他的，但是這個人正如戲志才所說，確實是一個不同尋常的人，遠比荀彧、程昱、滿寵、董昭、劉曄、毛玠、呂虔等人要高出許多，難怪連戲志才都自嘆不如。」

「起來吧！」曹操明白這兩個人只是徐庶用來向自己道歉的工具，通過典韋、許褚來表達徐庶內心的意思。

「多謝主公！」典韋、許褚站了起來。

曹操走進大帳，對典韋道：「將軍師叫來，我有話說。」

「諾！」

沒多久，徐庶進了大帳，大帳裡燈火忽明忽暗，曹操摒退所有人，大帳裡只有徐庶和曹操兩個人而已。

「軍師，今天的事，我需要你做個解釋。」

徐庶道：「主公十分聰慧，屬下所做的，自然瞞不過主公，高飛確實是一個很大的威脅，如果殺了他，主公以後就會沒有後顧之憂了，不然的話，以後兩雄相爭，只怕會是一場惡仗。」

「難道你沒有考慮過殺掉高飛的後果？」

「考慮過，只是覺得利大於弊，所以屬下才慫恿典韋、許褚一起去做此事，但是我沒想到，主公居然會放走高飛。」

「你是在埋怨我了？」

曹操從徐庶的話中聽出來，徐庶對自己算是死心塌地的了，不然的話，他也不會想先除去高飛。

「屬下不敢，屬下只是就事論事，冒犯之處，還請主公見諒。」徐庶欠身道。

曹操笑道：「好了，我知道你是為了我好，只是，以後再做任何事之前，一定要先問過我，這次的事就算了，到此告一段落，當務之急，是趕緊搜索呂布的行蹤，必須翦除這頭猛虎，此人無論投靠了誰，都必然會成為我軍之大敵。」

「諾！屬下明白，屬下這就去安排，明天一早便立刻去搜尋呂布。」

「嗯，你給高飛寫一封信，邀請他一同出兵，暫時屏棄前嫌，我想他和我的想法是一樣的。另外，吩咐下去，燕軍是友軍，不是敵軍，所有人不得對其有任何敵意，違令者，斬首示眾。」

「諾！」

第二天一早，河南城外集結了數萬兵馬，九成的兵馬全部出動，只留下一成兵馬守衛大營，而燕軍只出動了一萬五千人，其中五千重騎兵，一萬重步兵，其餘的士兵在城中休息待命。

高飛親自率領一萬五千人的重裝軍隊，和曹操親自率領的兵馬聚集在一起，兩下相見，曹操和魏軍都對高飛率領的士兵很是驚訝。

「賢弟，你帶領的部下全身裹覆著戰甲，密不透風，顯得很是笨重，如何進行長途奔襲？只怕走到半路上就累趴了，你到底打的是什麼主意？」曹操狐疑地道。

「孟德兄，你有所不知，我這樣做，自然有我的目的，你想想，你出動兩萬七千人大軍，司隸巴掌大的地方，呂布能藏身何處？更何況，還有楚軍、宋軍在軒轅關一帶，不知道現在攻破了沒，如果這兩支軍隊進來，那麼從河南城到軒轅關的這一塊地帶上，討伐呂布的總兵力會高達十萬以上，這麼龐大的數量，必然能夠找到呂布，我又何必湊這個熱鬧呢。」

「你……那你這是要幹什麼？拉出來讓士兵跑著玩的，還是在敷衍我？」曹操臉上三條線道。

「我是在設防，呂布驍勇異常，如果和高順聯合在一起，剩餘的士兵到了呂布的手中，就算是做困獸之鬥，也會很難對付的，所以，**要想殺死呂布，只能步步為營，我身後的這支軍隊，站在那裡就是一堵牆，穩如泰山，我寧願走得慢點，也不願意看到呂布突圍而出。**」

曹操道：「隨便你，就此告辭，賢弟一路保重，但是這呂布一定要交給我來殺。」

「呵呵，各憑本事吧，誰不知道，此時誰要是殺了呂布，必然會成為名動天下的人物。孟德兄，我為此次行動取了一個名字，就叫『**搜山撿海擒呂布**』，你覺得怎麼樣？」

「我沒你那麼有雅興，告辭了。」

曹操話音一落，便帶著士兵浩浩蕩蕩地走了，所過之處，揚起一陣陣的塵土，只要是有岔路口的地方，魏軍的士兵就會去搜索。

高飛率領大軍等在原地，都他們走了差不多一個時辰左右，他才下令出發。

「曹操這個傢伙，要是能夠心甘情願的為我所用，必然能夠成為一代名臣，不過，**他似乎只能當梟雄，被我梟首的英雄**。如果他投降了，我也未必敢要，這樣的人太危險了。當然，估計他也是和我一樣的想法。**曹操，讓我們拭目以待，等再過幾年，我們之間的必然會有一場大戰。**」高飛心裡想道。

司隸，伊闕關。

剛剛下過一場大雨，道路變得泥濘起來。

這是一個陰沉的晚上，外面刮著風，風聲像一個臨死的人在哀號，驟雨鞭打著窗戶，時而間隔著一段死寂的時間。

極目四望，只能看見城牆和少數幾個類似兵營的門牆，四處都是破屋頹垣，黑到和屍布一樣的舊壁，白到和殮巾一樣的新牆，四處都是平行排列的樹木、連成直線的房屋、平凡的建築物、單調的長線條，還有那種令人感到無限淒涼的直角。

伊闕關的地勢毫無起伏，毫無丘壑，但卻堵塞了南北的交通要道，呂布率領殘軍和高順彙聚在一起，窩在這個小小的伊闕關裡，關的南邊是袁術、劉表的聯軍，北邊則是曹操的大軍。

高飛的「搜山撿海擒呂布」行動得到了諸侯的回應，曹操率領大軍一路搜索，追著呂布到了伊闕關，袁術、劉表的聯軍也攻克了軒轅關，守將郝萌被窩裡反，死在士兵的亂刀之下。

聯軍一路北上，最後得知呂布在河南城潰敗，退到了伊闕關，就加速前進，終於在伊闕關前堵住了呂布南逃的路線。

伊闕關內，呂布尚有數千精兵，利用關城的堅固，扼守此地整整一天。交戰雙方投入了不少兵力，關城外橫屍遍野，關城內也是屍橫遍地，這種流過那麼多血的荒僻地方，只會讓人不寒而慄。

伊闕關內，呂布獨自一人坐在月夜下，身體顯得很是疲憊，身上的戰甲和戰袍早被鮮血染透，他手握方天畫戟，腰挎一張大弓，身懸利劍，坐在那裡像是一尊神祇。

「主公……」高順的右胳膊上纏著一條繃帶，左腿上也纏著繃帶，今日的一場血戰，讓他負傷兩處，但是臉上依舊是一臉的剛毅。

「坐！」呂布放下了手中的兵器，抬手對高順道。

高順「諾」了一聲，坐在呂布的面前，看著這個他一生為之追隨的主公，此情此景，心中平添了幾分哀愁。

「你跟著我有多久了？」呂布突然問道。

「八年！屬下跟著主公已經整整八年了。」高順答道。

「沒想到過得那麼快，我記得八年前，你還是晉陽附近的一個普通獵戶吧？」

「嗯，屬下承蒙主公提拔，才有今日，這八年來，屬下跟隨主公平定大大小小的戰鬥不下千餘次，每一次都是有主公庇佑，屬下才能死裡逃生。屬下對主公感激不盡，這輩子都無法忘懷。」

呂布伸手拍了拍高順的肩膀，笑著說道：「我部下雙雄、八健將，如今只剩下你一個人還在跟隨著我，我知道你忠肝義膽，但是四方諸侯全部來討伐我，我呂布大勢已去，沒有立錐之地了。你是一個好將才，放在任何位置都能勝任，我希望你在我死後能夠好好的活下去……」

「主公，你怎麼會死呢，主公武藝超群，蓋世無雙，又有赤兔神駒，如果事態緊急的話，主公可以自行逃去，屬下必定為主公擋住追兵，雖死無憾。」

「呵呵，是人都會死。如果苟且偷生的活著，每天過著提心吊膽的日子，那還不如轟轟烈烈的死了呢。關城外面，北面是曹操的大軍，南面是劉表和袁術的，按照戰鬥力來估算，突破劉表和袁術的軍隊應該會容易一些，明日我會有一場大戰，到時候會吸引不少袁術和劉表兵士的目光，**我要你帶領所有的士兵向南突圍，奮力殺出重圍之後，去投靠遠在江東的孫堅**，他雖然也聲討過我，卻沒有發兵，可見他並不想蹚中原的這灘渾水。」

「主公，你讓我去投靠孫堅？」高順一臉的驚詫。

呂布點點頭，道：「我本來是想讓你去投靠益州的劉璋，可惜蜀道難行，恐怕不易前進，不如你去江東來的順利。如果你還當我是你主公的話，你就照我說的去做。赤兔馬日行千里，今天歇了一天了，再歇息一夜，明日卯足了勁，必然能夠馱著你殺出重圍，你是我唯一的一個愛將了，我不想讓你死，你活著，我呂布的名字才能久遠的傳下去，世人也才知道，我呂布曾經是何等的威風。」

高順道：「主公，屬下願意替主公迎戰，請主公率部突圍為上。」

呂布搖搖頭，道：「高順，你還不懂嗎？高飛、曹操、馬騰、袁術、劉表都想讓我死，想要我的腦袋，只有我死了，他們才會心安，才會放過你們。再說，明日是一場惡戰，我期待這場戰鬥很久了。」

高順皺著眉頭問道：「主公，明日到底是什麼戰鬥？難道主公明日要出城迎戰嗎？」

「你看這個！」呂布將一封書信遞給高順。

高順打開後，匆匆看了一眼，失聲道：「這是……戰書？這劉備、關羽、張飛是誰？」

呂布笑道：「劉備乃過江之鯽，不足以品評，倒是他的二弟關羽和三弟張飛是個厲害角色，你還記得兩年前的虎牢關大戰嗎？分別拿著青龍偃月刀和丈八蛇矛的人，就是關羽和張飛，劉備雖有些許名望，但並不聞達於諸侯，聽說他先投公孫瓚，後效劉虞，之後又跟陶謙，陶謙被曹操打敗之後，他又跑去投靠袁紹，再後來又到兗州投曹操，並且幫助曹操奪取了青州之地，最後又去荊州投靠了劉表……」

高順聽完，不屑地道：「此人是個災星，所投效之人，除了曹操和劉表還健在外，其餘的人已經全部離開了塵世，這樣一個反覆無常的人，也配給主公下戰書？倒是主公說的關羽和張飛很厲害，我想起來了，當時關羽、張飛曾經和主公對戰過。」

「嗯，就是那兩個人，他們都是萬夫莫敵的人，一點都不亞於曹操帳下的典韋和許褚，所以，明天的戰鬥，**他們兩個才是我最主要的敵人。**」

「主公，你真的打算……」

「是的，我叫你來，是讓你聽從我安排的，你聽著，明天我和關羽、張飛打鬥時，你不必擔心我，只管安排好士兵，做好突圍準備。」

「諾！」高順向來對呂布的話言聽計從，很少有反駁的時候，不管呂布下的命令是什麼，他都會遵從呂布的命令。

「主公，今天很奇怪，似乎沒有看見燕軍的士兵到來，是不是燕軍已經退卻了？」

「高飛那廝詭計多端，不來正好，也省得我擔心他又搞什麼陰謀詭計……」說到這裡，呂布不再吭聲，腦海中浮現出郭嘉的音容相貌，讓他久久不能揮去，也成為他心中永遠的痛。

司隸，洛陽城廢墟。

高飛站在廢墟上，看到昔日天下最為繁華的洛陽城變成了今天這個樣子，不由得重重地嘆了口氣。

低下頭，高飛朝一些亂石堆裡喊道：「挖到了沒有？」

「還沒有！」在廢墟的一塊巨石下面，一個身體瘦弱的士兵回答道。

高飛很清楚自己在做什麼，他跟著呂布的軍隊跑了幾十里之後，便折道讓黃忠帶著重步兵繼續遠遠跟隨，自己則讓重騎兵全部卸載了盔甲，讓兩千人帶著卸載的盔甲，用從當地百姓那裡徵集過來的馬車趕回河南城。

他自己則帶著三千脫去盔甲的士兵騎著戰馬飛奔洛陽廢墟，去找尋那塊遺失多年的傳國玉璽。

往事歷歷在目，高飛清楚的記得，當時他讓人把傳國玉璽連同盒子都放在一處宮殿的柱子下面。可是沒有想到，那些諸侯進入皇宮後，立刻引起一陣騷動，諸侯混殺，似乎誰也沒心情去注意那不起眼的傳國玉璽，以至於二袁兄弟相爭，諸侯之間混戰不止。

此時，高飛完全可以確定，那塊玉璽還在洛陽的廢墟下埋著。

「主公，挖到寶盒了……」

高飛聽後，立刻來了精神，急忙道：「快扔上來，快扔上來……」

「嗖！」一個金絲楠木打造的四方盒子被拋了上來，高飛順手一接，立刻抓了過來，只覺得入手沉重，打開一看，立刻大喜道：

「哈哈，是傳國玉璽，果真是傳國玉璽，沒想到失蹤了兩年，居然還埋在這堆廢墟裡，這下中原可要大亂了……」

平明時分，伊闕關南門外，泥濘的道路經過一夜的風乾，已經完全可以行走馬匹了，宋軍和楚軍同時進兵，在狹窄的道路上，一眼望去，人山人海的，顯得氣勢十分的雄壯。

劉表、袁術親臨戰場，一個在左邊的高崗上站著，另一個則在右邊的高崗上坐著，兩個人的身邊都環繞著一批謀士和武將，虎視眈眈的注視著伊闕關。

劉備站在劉表的身側，關羽、張飛站在劉備的身後，三個人的目光同樣犀利的注視著伊闕關，翹首以待，盼望著呂布能夠出來迎戰。

「主公，昨日的一場激戰，呂布肯定疲憊不堪，如果今日再強行發動攻擊的話，必然會攻破伊闕關，擒殺呂布指日可待。」蒯良俯身獻策道。

劉表身穿華服，面白如玉，一身富貴之相，捋了捋下巴上的青鬚，斜眼看了劉備一眼，問道：「玄德，你昨天晚上說有良策破敵，可否仔細道來？」

劉備拱手道：「侯爺，呂布驍勇，更兼赤兔馬相助，只怕擒之不易，就算是真的能夠擒殺，也只怕會損傷太多兵馬。我以為，擒賊擒王，只要把呂布控制住了，他的部下自然就可以一戰而破。」

「話雖如此，可那呂布又不是傻子，怎麼會心甘情願的讓我們去擒？不如強攻，雖然有些損失，可能夠殺掉呂布，聞名天下，那也是值得的。屬下以為，可使人去通知對面的袁術，讓他和我軍一起出兵。」蒯良道。

劉表扭頭看了眼背後的黃祖，問道：「你有何良策？」

黃祖道：「我部下有大將甘寧，驍勇善戰，凶猛異常，可以讓他去和呂布對決，牽制住呂布。再者，新野令劉備的兩位義弟關羽和張飛也是世之猛將，三人若是聯手對抗呂布一人，必然能夠讓呂布死無葬身之地。另外，還可以邀請袁術帳下的紀靈一同出戰，呂布就算插翅也難逃了。」

劉表和黃祖是很好的朋友，黃祖在江夏雖然可以獨立擁有兵將，但是名義上卻還是從屬於劉表。劉表對黃祖的這種以大局為重的心態很欣賞，所以也很信任黃祖，當即說道：「嗯，那就依你的意思去辦，讓甘寧、關羽、張飛三人連同紀靈一起出戰。」

「諾！」

劉備急忙道：「我願意去陣前壓陣。」

「好，你同行。」劉表點頭道。

這邊話音落下，那邊劉表就派人登上了東邊的高崗，將意思轉達給袁術。

袁術金盔金甲，坐在一個金絲楠木打造的椅子上，就連他身邊的將校也都穿著十分華貴。

「劉景升派出了三將，我軍只有我一個，主公，這劉景升是想獨吞殺呂布之功啊。」紀靈說道。

袁術陰笑道：「呂布何許人也！豈是那麼隨便就能殺掉的？你不是也在戰場

上嗎？必要時可以攪亂一下，關羽、張飛不過是不知名的一介武夫，怎麼比得上我的紀大將軍呢？」

紀靈確實是袁術帳下第一大將，此人極有膽略，兩撇八字小鬍子，看起來特別的性感。他抱拳道：「主公放心，屬下知道該怎麼做了。」

辰時三刻，戰鼓擂響，劉備、關羽、張飛、甘寧、紀靈五人到了伊闕關下，互相拜會了一下，又寒暄幾句，這才見伊闕關的關門洞然大開。

呂布全身披掛，英姿颯爽，騎著一匹青栗色的高頭大馬，手握方天畫戟，腰懸長劍，馬項上又拴著一張大弓，顯得威風凜凜。

「哈哈，果然出來了，呂布交給俺來收拾，你們都給我退到一邊去。」張飛見呂布獨自一人出來了，而且還沒有騎赤兔馬，心中便很是歡喜，大聲地叫了出來。

「駕！」甘寧手舞長刀，一馬當先的衝了出去，更不答話，直取呂布。

「他奶奶的，你不守規矩，說好了俺去，你怎麼能搶俺的功勞？」張飛見甘寧衝了出去，大聲罵了起來。

關羽一把抓住張飛的手臂，說道：「三弟，不可造次，甘寧也是一員猛將，且看他如何鬥陣。」

紀靈、劉備都沒有說話，只是靜靜地看著前方戰場。

呂布出了城後，城門便立刻被關上了，他見甘寧獨自一人前來，對甘寧的勇氣十分佩服，朗聲喊道：「來者何人，報上名來，我呂布不殺無名之人。」

「某乃甘寧，字興霸，特來討教幾招。」

甘寧身披鐵甲，頭上纏著絲帶，腰中懸著一個鈴鐺，一條蜀錦織成的手帕在腰中垂了下來，隨風飄蕩，甚是飄逸。

呂布沒有聽過甘寧的名字，但是敢勇於挑戰他的，他都很佩服，也會一視同仁，不是他殺了來挑戰的人，就是被挑戰的人殺死，現實就是這麼殘酷。

「駕！」呂布大喝一聲，策馬迎了過去，和甘寧迅速鬥在了一起。

「砰！」一聲巨響，兩馬相交，刀戟接觸，發出陣陣嗡鳴，一個回合就這樣過去。

高手過招，一個回合便能得知對方實力。呂布是高手中的高手，他自然能夠感應到甘寧是使出全力而戰的，而且武力也不弱。

「很好，再來！」呂布調轉馬頭，看著對面的甘寧，大聲喝道。

甘寧第一次和呂布交戰，剛才的第一個回合他已經是使出了全身力氣，可是一個回合過後，便讓他感覺到眼前這個人實在太強悍了。

「好強。」甘寧少言寡語，只簡單的道出自己內心的真實想法。

再次縱馬，兩人一起向前，第二個回合開始了。

劉備、關羽、張飛、紀靈遠遠地觀戰，劉表、袁術等人也是遠遠的眺望，聽到戰場上不斷傳出兵器的碰撞聲，看的人熱血澎湃。

「奶奶的熊！都二十回合了，怎麼還不分勝負，呂布那小子是幹什麼吃的，對付甘寧怎麼不使出全力！」張飛騎著戰馬，急得在原地打轉，不停地罵道。

「三弟，稍安勿躁。」劉備聽後，安撫道。

「不行了，俺等不了那麼久，俺要去殺了呂布！」

話音一落，便策馬而出，丈八蛇矛向前一挺，大喝道：「呂布小兒，俺老張來取你狗命！」

呂布和甘寧打得正憨時，突然看見張飛出來攪局，面色一沉，方天畫戟立刻變招，連連揮出六招，逼得甘寧接二連三的後退，最後被迫策馬而走。

「環眼賊，等你許久了。」呂布看到張飛快馬馳來，大叫道。

張飛聽呂布叫自己環眼賊，尋思呂布認過丁原做義父，又投過董卓，雖然說投靠董卓是權宜之計，還是大叫道：「你也好不到哪裡去，三姓家奴！」

「環眼賊，你欺人太甚！」呂布畫戟刺出，直逼張飛心肺。

張飛丈八蛇矛向外一挑，撥開方天畫戟，同時倒轉蛇矛，一矛便刺了出去。

兩個人一經纏鬥在一起，便立刻捉對廝打，馬匹在原地打轉，馬背上的騎士戟來矛往，打得好不熱鬧，讓在一邊的甘寧看得入了神。

「張飛，猛將也。」

甘寧見呂布和張飛打鬥激烈，這才知道剛才呂布只不過是在消遣自己，根本沒有使出全力，心裡不禁有一絲慚愧。

張飛和呂布大約鬥了二十回合，雙方分開，換馬不換人，接著再戰，又鬥了十個回合，雖然沒有險象環生，但也是殺意濃濃。

這會兒，甘寧趁勢加入戰圈，和張飛一起對抗呂布。

張飛見突然多了一柄長刀，扭頭看是甘寧，立刻用矛撥開甘寧的長刀，喊道：「走開，呂布是我的！」

高手過招，講究心神合一，張飛這一喊不要緊，登時分了神，恰巧給了呂布一個絕好的機會，一戟刺了過來，讓張飛防不勝防。

「小心！」

甘寧見了，瞳孔迅速放大，也不顧什麼了，縱身便撲向張飛，將張飛撲倒在地，在地上翻滾了幾下，方才躲過呂布的那一戟。

呂布見甘寧將張飛撲下馬背，勒住馬匹，方天畫戟立即向下猛刺。

張飛瞪大了雙眼，甘寧還壓在自己身上，眼看呂布的方天畫戟就要刺到，一臉的驚恐。

「難道我張翼德就要死在這裡了嗎？」

突然，刀光一閃，張飛看到一道光輝燦爛吞天噬地的刀光，在刀光晃眼而過的時候，他似乎看到一條小青龍從面前閃過，他立刻意識到了這是誰的刀，大叫道：「二哥！」

「噹！」刀戟相碰引發巨響，星花四射。

兵器分開時，**青龍偃月刀和方天畫戟各發出一聲輕吟，神兵相遇必生感應**。

呂布一臉錯愕，不想竟有人接得住自己力蓋人間的一戟，他望向來人，只見來者髯長二尺，丹鳳眼，臥蠶眉，面如重棗，相貌堂堂，正是關羽。

再看到關羽手中那柄帶有青龍血印的冷豔鋸，呂布左看看張飛，右看看關羽，大聲地笑了出來，「哈哈哈」聲不斷，發出震天狂笑，朗聲吼道：「好，你們一起上來吧！」

他後退了幾步，任由張飛和甘寧從地上爬起。

「走開！都是你的錯，差點害死了俺！」張飛一把把壓在身上的甘寧給推開，怒罵道。

甘寧一臉的無辜，想想自己要不是為了救張飛，怎會如此狼狽，現在反被張飛埋怨，心中一陣無名之火冒出。

「你奶奶個熊，如果不是為了救你，我何以如此狼狽，你這人不分青紅皂白，懶得理你。」有道是佛也有發火的時候，甘寧平時少言寡語，今日遇到張飛，倒是真的讓他知道什麼叫胡攪蠻纏。

張飛摸來丈八蛇矛，指著甘寧喊道：「你待怎地？」

甘寧也抓著長刀，反問道：「你又想幹什麼？」

呂布見張飛和甘寧大吵，完全沒有將他放在眼裡的意思，不禁喝道：「吵什麼吵，你們三個一起！」

甘寧和張飛各自哼了聲，上馬分站在兩地，怒視著呂布。

關羽道：「我兄弟武勇天下無人能擋，竟然被人小覷，實在太過自大了，你二人全部留在此處，看我取呂布首級。」

關羽大喝一聲，揮著青龍偃月刀朝呂布猛砍了過去。

秋日是肅殺的，**這是可以屠戮天下的一刀！**

「好！」呂布用方天畫戟當作大刀來用，橫掃千軍的攔腰斬來，刀光閃閃，**當真是天無二日，國無二主，天下無雙。**

「叮！」青龍偃月刀直接黏上了方天畫戟。順著戟鋒掠過戟桿直奔呂布的脖項，這一瞬間，春風化作秋日，冷豔變作青龍，長刀在手，殺天下可殺之人，氣勢雄渾。

另一邊，張飛按捺不住拍馬而出，乘勢矛走偏鋒，直取呂布的左眼。

呂布雙腿一夾座下戰馬，那戰馬旋風似的一個旋轉，使得關張二人的兵器全都落空，呂布揮戟砸向關羽頭顱，戰馬的馬蹄高高翻起踹向關羽的戰馬，人馬一體，關羽策馬向後飛退，呂布勢不可擋追擊而至。青龍刀奮力擋下呂布的方天畫戟，雙腿夾馬躲避呂布座下戰馬的馬蹄。

眼看就要被呂布座下戰馬鐵錘般的馬蹄踹到之時，關羽坐騎讓了一下，兩馬交錯而過，躲過了勢在必得的一蹄。

呂布正要追擊，卻不想方天畫戟被丈八蛇矛接下，第一回合險象環生的度過了。

戰馬的馬前蹄揚起，向天長嘶，呂布的臉上泛起睥睨天下的表情，單手握戟直指關羽、張飛，大喝道：「很好，再來！」

這個回合，呂布完全使出了實力，雙眼冒光，周身殺氣頓時高漲，使得關羽、張飛、甘寧面面相覷，三個人最為直接地感受到呂布身上騰起的殺氣，彷彿看到了呂布周身籠罩著一團黑色的霧氣，威逼著每一個近身的人。

「果然了得！」關羽、張飛互望一眼，兩人的眉頭緊皺了起來。

甘寧叫道：「呂布非一人能夠戰勝，必須聯合攻殺，方能取其首級。」

關羽沒啥意見，倒是張飛看甘寧有點不爽，可是再看面前呂布煞氣逼人，當機立斷道：「好，一起上。」

青龍偃月刀、丈八蛇矛、烏金大環刀，三樣兵器相互碰撞了一下，三個人、三匹馬、三種兵器，一起朝向呂布。

可是，呂布不等三人近身，便舞著方天畫戟策馬而來，迎上關羽三人便是一陣滔天的戟影！

「噹！噹！噹……」青龍偃月刀、丈八蛇矛、烏金大環刀，三樣兵器舞得風雨不透，拚死抵擋住了呂布的攻勢。

呂布的攻勢好像大海的浪濤，綿綿無盡此起彼伏；又有如天上游走的風雲，無形無定讓人難以捉摸。方天畫戟忽而為槍，忽而為刀，忽而作槊，突然又化為無盡無休的寂寞……

然而，猛攻中的呂布也有自己的難題，他的方天畫戟困住了三頭猛獸，但是他卻不知道自己還能困住他們多久，更何況，三頭猛獸的背後是敵人的千軍萬馬！

「高順！」呂布瞅準時機，吸進天地之氣，用力地大喊了一聲，聲音如同滾雷一般。

隨著呂布的一聲大喊，城門大開，高順騎著赤兔馬，帶著精挑細選的三千精騎一起殺了出來，一條長槍在前開路，三千騎兵緊隨其後，迅速撇開呂布，直衝衝地朝著擋在官道上的敵軍士兵殺了出去。

劉備見自己兄弟陷入苦戰，高順帶兵殺出，意識到了什麼，立刻抽出雙股劍，大吼一聲殺上前來。

高順看又有人朝呂布那邊殺了過去，嘆了口氣，心道：「那招鬼哭神嚎不知道主公是否可以盡全力使出……主公，高順去了，你多多保重，你的故事，我會替你傳遍大江南北的……」

# 第九章

# 渾水摸魚

高飛道：「曹操是個聰明人，與其來這裡蹚渾水，不如渾水摸魚，直搗袁術豫州老巢。如果孫堅得到消息的話，必然會再次糾集兵力渡江北上，這樣一來，袁術就算兵再多，也無法首尾相顧，只有等死的份了。」

劉備的雙股劍一陰一陽，加入戰團後，立刻迎上了呂布的大戟。

呂布和劉備一照面本想速戰速決，但**他看到劉備，竟彷彿像是看到一絲自己的影子，那專注無奈，充滿感情，英雄落寞的一雙眼神，憂鬱得讓呂布心裡一痛。**

「劉備百戰百敗，先後投靠群雄無數，如今卻終究不能取得一番成就，可是他百敗百戰，氣而不餒，這份精神可嘉，鬼哭神嚎一旦使用，只怕無人可以從我戟下生還……」

一個分神，方天畫戟壓制不住那三頭猛獸。丈八矛舞動起來，滿天都是蛇矛的幻影，彷彿金蛇狂舞；冷豔鋸化作一條青龍，從九天翻騰而下，吞噬天地；烏金大環刀如同一頭巨大的黑蟒吞吐雲霧，背上金色大環在陽光下閃爍無比。

張飛在左，關羽在中，甘寧在右，三個人相互配合，來回交換，上下飛舞，劉備策馬到了呂布側後方，以雙股劍死死的纏住了方天畫戟，四人心意相通形成了立體進攻！

呂布左封右擋，大戟翻飛毫不示弱，大戰陷入僵持。紀靈遠遠望去，見形勢不妙，立刻拍馬舞刀而出，朝呂布那邊趕了過去。

此時，紀靈背後負責指揮聯軍的蔡瑁見高順衝了過來，立刻讓大軍出擊，迎接高順，左邊是楚軍的蔡中、蔡和，右邊是宋軍的樂就、梁剛，他從中間掩殺而出。

「砰！」一聲巨響，高順指揮的部下和蔡瑁指揮的部下衝撞在一起，立刻人仰馬翻，喊殺震天。

劉表、袁術等人站在高崗上看得如癡如狂，整個戰場都是助威的吶喊聲！

此時，伊闕關的北端，城牆外面鼓聲響起，數萬軍兵在城外大聲吶喊：

「嗨！嗨！嗨……」

金鼓之聲雄渾無比，響徹整個狹窄的山谷，不由得傳到了南端來。

「曹操開始進攻了？」劉表、袁術都是一樣的想法。

就連呂布聽到伊闕關北端搖旗吶喊的聲音，也為之一震，他絕對不允許自己陷入腹背受敵之境地，深吸了口氣，環視一眼劉備、關羽、張飛、甘寧、紀靈五人，大聲喝道：「**是時候分勝負了！**」

「**鬼哭神嚎！**」呂布大喝一聲，全身隆起一團黑氣，那黑色的煞氣直逼入人的心扉，讓每一個臨近他的人都感到不寒而慄。

劉備、關羽、張飛、甘寧、紀靈瞬間覺得有無盡的寂寞迎面撲來！

寂寞的天下，英雄無用武之地，壯士斷腕，恨意綿綿……呂布的眼中再沒有初戰時的狂熱，只剩下無盡的寂寞。

**從出生到今天，呂布一直是寂寞的，天生勇武卻未獲明主，滿腔熱情卻沒有知己；一個人生活，一個人征戰，也會一個人死去。**

**此時此刻，呂布心中只有那陪伴著他走完這寂寞的方天畫戟……**

殺氣逼人，呂布周身五米範圍之內的土地上頓時捲起了一陣狂風，狂風呼嘯，天色陡變，黃沙飛舞，漫天遮日，頭頂上更是烏雲密布，一道道閃電在空中閃爍，原本還是豔陽高照的秋日，頓時變成雲霧漫捲的陰霾之天。

黃沙滾滾迷人眼，狂風吹拂衣角揚，劉備、關羽、張飛、甘寧、紀靈五人頓時陷入了困境之地，根本看不清到底發生了什麼事。

劉備首當其衝，滿天的寂寞壓了過來，心頭泛起了死志。自己是漢世宗親，然而卻窮困潦倒，二十八歲才有機會為國出力求取功名，轉眼現在三十已過，天下間滿目瘡痍，自己卻一事無成，碌碌無為，人生到此，也只有一死了之……

關羽、張飛其次感受到無邊的寂寞，心頭立刻升起了厭倦之意。他們桃園結義，情深義重，立下誓言要拯救天下萬民，可是轉眼間，已經到了而立之年，卻依舊無法幫助大哥達成心願，那千軍萬馬前，高處不勝寒之時，兩個人同時覺得自己的人生毫無意義，除卻了選擇死亡之外，也別無其他出路……

甘寧、紀靈也都感受到周身壓過來的寂寞，兩人同時覺得自己到了無用之時，身為武將不能安撫邦國，反而遭受戰亂不斷，使得天下黎民處在水深火熱之中，只覺得自己是那罪魁禍首，只能以一死而謝天下……

就在這時，在那團黃沙漫捲的風塵之中，方天畫戟悄悄地探到劉備的身後，一股凌厲的勁力疾速刺了過去。

突然，青龍偃月刀上寒光一閃，一條五爪青龍騰空而起，轟隆隆的一聲響，引來天雷陣陣，道道閃電急速劈下，立刻劈中了關羽的身體上，使關羽渾身一個激靈，呆滯的目光瞬間變得神光異彩。

他環視一圈，見到劉備、張飛、甘寧、紀靈都立在原地不動，眼睛像是蒙上了一層霧色，而呂布則策馬不慌不忙地持著方天畫戟朝劉備走了過去，抬起了方天畫戟，猛地朝劉備心口刺了過去。

「大哥！」關羽見劉備陷入危機，大驚失色，揮青龍偃月刀，立刻斬向呂布的方天畫戟。

**那一刀，刀意綿綿，彷彿三月的桃花，繽紛燦爛，那桃園的結義之情，那長存的義氣，遮擋住了無助的寂寞，直接架下了呂布的方天畫戟。**

「噹！」一聲巨響，呂布大吃一驚，**沒想到關羽竟然能從鬼哭神嚎的禁咒之**

**中破解出來，嘴角上不禁浮現出一絲詭異的笑容，他彷彿看到新一代的戰神出世，那青龍寶刀寒光閃閃，冷豔無比，炫目奪人。**

一聲巨響之後，劉備、張飛、甘寧、紀靈四人都回過神來，看到天地之間一切正常，背後廝殺聲不斷，秋日依舊掛在空中，沒有黃沙，沒有狂風，沒有烏雲，沒有驚雷，沒有閃電……

「剛才是怎麼一回事？」劉備、張飛、甘寧、紀靈四個人一起狐疑地道。

「砰！噹！錚……」兵器碰撞聲不斷，呂布和關羽扭打在一起，難解難分，方天畫戟、青龍偃月刀兩樣神兵利器根本看不見身影，只覺得殺氣逼人。

「好一個關雲長，你是第一個從我鬼哭神嚎禁咒中走出來的，天下的寂寞，估計也只有你才能承擔，**我死之後，你將成為天下最無雙的刀王**，天下無雙，哈哈哈……」呂布邊和關羽打鬥，邊大聲地道。

關羽皺著眉頭，他也不知道剛才自己是怎麼走出來的，或許是他心中一直在關心著劉備和張飛的安危，腦海中在回憶著桃園結義之時的情節，三人一條心，哪裡有什麼寂寞可言。或許正是因為這個原因，鬼哭神嚎的禁咒才會被他破解。

呂布此時面色蒼白，雙眼布滿了血絲，就連體力也漸漸透支，他扭臉看到高順騎著赤兔馬已經衝到了中軍，只差那麼一點點就可以衝出去了，嘴角揚起一絲笑容，心中想道：「高順，我先走一步了。」

關羽見呂布越戰越弱，已經沒有開始時的戰力，見有機可乘，立刻聚集全身力量，在這一刻從丹田中引出真氣，融會貫通，一招「萬軍煞」破體而出，直接向呂布轟去。

**青龍偃月刀彷彿是從地獄中被釋放而出，又彷彿是九天十地的神魔皆橫空出世，無盡的寒光，千萬個孤魂齊來索命！**

「砰！」一聲巨響，關羽青龍偃月刀直接慣力劈下，呂布嘴角揚起一絲邪笑，本來進行阻擋的方天畫戟突然撤了下去，**青龍偃月刀的刀鋒從呂布頭顱直接劈下，巨大的力量將呂布瞬間劈成了兩半……**

「主公！」高順奮力拼殺時，不經意的回了一下頭，赫然看見關羽一刀將呂布劈成兩半，心中一陣悸痛，立刻捂著胸口大聲地叫了出來。

他身陷萬軍之中，這一分神不要緊，立刻有無數支箭矢透過鐵甲射進他的身體，刀鋒從身體上劃過，槍頭在身體中穿刺。

他整個人咬著牙根，騎在赤兔馬的背上，愣是叫都沒有叫一聲，拼勁全力，伏在馬背上，奄奄一息地對赤兔馬說道：「帶我去主公身邊……」

赤兔馬發出一聲長嘶，響徹整個山谷，調轉馬頭，一躍而起，四蹄踩在士兵的身體上，快速地向呂布奔去，不時的發出悲鳴，淚槽裡更是留下滾滾熱淚。通身發紅，身上又染滿了高順的鮮血，使牠越發的紅了。

「轟！」一聲巨響，曹操帶領著魏軍的將士殺進城門，策馬從北門直接向南門奔馳而去，看見南門外鮮血染透了大地，呂布被劈成兩半，不禁看了一眼手持青龍偃月刀的關羽，心中悵然道：「不想關雲長竟然有如此勇力，居然能夠親手斬殺呂布，大耳賊依附劉表，急切難圖，可惜雲長不為我所用，可惜……」

劉表、袁術等人在高崗上觀戰，看到呂布被殺，每個人都很是興奮，立刻大聲歡呼起來。

這時，陷入楚軍和宋軍包圍之中的士兵，都因為呂布的死而受到影響，頓時戰心全無，紛紛自刎而死。

赤兔馬奔到呂布的身邊，高順從馬背上滾落下來，在地上艱難的爬著，伸手握住了呂布殘缺的身體，一臉痛苦之色，卻又帶著一絲喜悅地道：「主公，高順來陪你了……」

黃忠登上城牆時，高順已經死了，看到城牆下面的戰場，不禁為之震驚，呂布的死，他沒有看到，但是看到所有人都將目光注視在關羽的身上，他便明白了一切。

關羽看到赤兔馬在呂布屍身前徘徊，便跳下馬背，將青龍偃月刀插在地上，伸手撫摸著赤兔馬的馬背，見赤兔馬並未反抗，便貼在赤兔馬的耳邊輕聲說道：「你主人已死，我現在是天下無雙的刀王，從今以後，你就跟著我吧。」

赤兔馬像是聽懂了關羽的話，點了點頭，任由關羽騎在背上。

他拔起青龍偃月刀，挑起了呂布的方天畫戟，騎著赤兔馬，緩緩地駛出戰場，和劉備、張飛，並肩離開。

初秋的夕陽燦爛依舊，戰場上屍骨如山。然而，**在劉備的心中，亂世才剛剛拉開序幕。**

劉備那帶有倦意，空負大志的眼中，又重新燃起了熊熊希望，**在別人歡呼雀躍的時候，他帶著關羽、張飛，迅速地離開了戰場……**

天下無雙的呂布死了，關羽因為擊殺呂布，成為天下聞名的刀王，他在群雄都在歡呼的時候，悄悄地跟隨自己的結拜兄弟離開戰場，消失的無影無蹤。

伊闕關被拿下了，呂布被滅了，然而，亂世並未就此結束。

魏侯曹操或許是因為呂布威脅到了自己在關東的霸權，而不得不出兵。可對於劉表、袁術二人來說，他們的心裡可並不是為了呂布，而是高飛在討伐呂布的檄文中所提到的傳國玉璽。

此時，呂布敗亡，部下大將以及精銳騎兵盡皆戰死，伊闕關內投降的士兵也都被盡皆屠戮，當真是血流成河，屍橫遍野。可是，在伊闕關內，曹操、劉表、袁術的部下並未找尋到什麼傳國玉璽。

在呂布敗亡之際，黃忠按照高飛的指示，迅速撤離兵馬，沿著原路退回到河南城，並且放出消息，說傳國玉璽還在洛陽廢墟當中掩埋著。

此話一經傳出，袁術第一個率部離開了伊闕關，直奔洛陽廢墟，劉表則緊隨其後，就連遠在函谷關以西的張濟、樊稠也開始出兵進行爭奪，打著光復舊都的口號一路從函谷關奔馳而去。

曹操暫時駐紮在伊闕關內，並未有所動作，而是主動肩負起了清掃戰場的重擔，將死者掩埋，或者燒毀。

伊闕關北端的一處高崗上，曹操率領眾將來到兩座新修的墳墓前，墳前立著兩塊石碑，一塊上面寫著「大漢車騎將軍、晉侯、並州牧呂布之墓」，另外一塊則寫著「大漢破虜將軍高順之墓」。

兩塊墓碑上的文字都是曹操親筆書寫，然後找石匠進行雕刻而成，字跡蒼勁有力，顯示出一個文學家、軍事家的情懷。

「關東有義士，興兵討群凶……白骨露於野，千里無雞鳴。生民百遺一，念之斷人腸。」曹操站在呂布和高順的墓前，心中不禁感慨萬分，當即賦詩一首。

徐庶站在曹操的身後，聽到曹操念此詩，問道：「主公，這首是什麼詩？」

「**《蒿里行》**，我將此詩命名為《蒿里行》。呂布乃是天下無雙的人物，好歹也是大漢的晉侯，西壓匈奴，北逐鮮卑，拱衛了大漢的江山，這一點他無疑是有功之臣。只可惜，他生在這個亂世，若是生在漢武帝時期，一定能夠成為衛青、霍去病一樣的人物，**呂布死得可惜，死得可悲，死得可憐……**」

徐庶聽到曹操對呂布如此推崇，心中也能感覺到曹操對呂布的心跡，他有時也在想，若是呂布死心塌地的為曹操賣命，或許他的一生應該不是這樣的。

曹操向呂布和高順的墳墓深深地鞠了一躬，伸手摸了下高順的墓碑，說道：「高順此人也是一員良將，可惜就這樣死了……」

轉過身子，曹操的眼眶中竟然滿含淚水，讓眾人不由得吃了一驚。

「呵呵，情到深處，男兒也難以阻止落淚。好了，今夜暫且在伊闕關內休息一夜，明日一早，班師回虎牢關。」

「回……回虎牢關？」李典不解地道：「主公，傳國玉璽傳聞就在洛陽廢墟底下埋著，劉表、袁術已經前去爭奪，而高飛也早早就去了洛陽廢墟，就連遠在函谷關的張濟、樊稠也都率部前去爭奪了，我們難道不去嗎？」

「傳國玉璽又如何？不過是一塊石頭而已，如果讓我為了搶一塊石頭而損兵折將的話，我寧願不去搶。再說，劉表大軍三萬，袁術大軍四萬，高飛在司隸也有兩三萬，再加上從函谷關到來的張濟、樊稠，這洛陽廢墟附近一下子彙聚了十幾萬的兵馬，你要怎麼搶？」曹操笑道。

徐庶聞言道：「主公英明。我軍為了攻打呂布，已經耗去了不少戰力，如今應該先回兗州，留下一員大將鎮守虎牢關，扼守住從洛陽東進的道路，以免中原接下來的混戰會殃及到兗州。除此之外，袁術主力遠在司隸和淮南，豫州空虛，主公還可以率部偷襲豫州，**與十幾萬人爭搶的一塊傳國玉璽相比，豫州要重要的多。如果主公再拿下豫州，便可以一舉成為中原的霸主。**」

曹操笑道：「不愧是我的軍師，眼光就是獨到，和我想到一塊兒了。」

司隸，洛陽廢墟。

天色逐漸暗沉下來，天空中烏雲密布，淅淅瀝瀝的下著小雨，沖刷著這塊曾經作為大漢百餘年間國都的廢墟。

中軍大帳裡，高飛聚集了眾將，將剛剛找到的傳國玉璽放在桌子上，供大家觀賞。

玉璽光芒四射，在夜間也是炫目多彩，張牙舞爪的蟠龍顯示著皇家的威嚴。

「主公，真的要將這塊玉璽白白的送出去嗎？」管亥道。

「不送出去，那些諸侯怎麼會為了爭奪這塊玉璽而打鬥起來呢？黃忠飛鴿傳書過來，說袁術、劉表已經動身，想來明天就會抵達。這塊玉璽若是擱在我的手裡，必然會受到他們兩個人的合力而擊，與其讓他們兩個來對付我一個，不如讓他們互相殘殺，我們坐收漁人之利。」高飛道。

管亥明白了，想起兩年前高飛利用傳國玉璽作為噱頭，在皇宮一夜廝殺之後，十幾個諸侯竟然只剩下了寥寥無幾，這一招**鷸蚌相爭漁翁得利**的計策，實在用的妙。

他笑了笑，說道：「那該把這塊玉璽交給誰呢？」

「毫無疑問，袁術是最佳的人選，這傢伙雖然是袁紹的弟弟，可事實上，才能一點都及不上袁紹，雖然兵多將廣，卻不會用，別看他現在占領豫州和淮南一帶，不知道什麼時候就會讓人給打敗了。何況，袁術的野心也不小，給他玉璽，他的野心就會膨脹起來，說不定還會自立為帝。」

「主公，那為什麼主公不當皇帝？」管亥又問道。

周倉在一旁道：「對啊，主公當皇帝也未嘗不可啊，反正長安那邊的馬氏小朝廷已經失去了信義，天子也是個白版的，跟沒有也沒啥區別。如果主公可以當皇帝的話，那豈不是很好嗎？」

大帳中都是高飛最為忠實的部下，這次他來洛陽挖寶，只帶了三千卸去裝備的重騎兵和管亥、周倉兩員武將，其餘的都歸黃忠調遣了，並且按照他的指示去做，一方面放樊稠、張濟來到洛陽，一方面將河南城裡所積蓄的錢財、糧草全部帶到黃河北岸，還不時的鼓動各縣的百姓，讓他們跟隨大軍北遷，讓他們移民。

「皇帝不是那麼好當的，而且現在當皇帝的話，必然會受到天下的公憤，雖然以我軍的實力並不害怕，怕就是怕陷入苦戰之後，一直接連戰鬥，畢竟冀州、並州等地都是剛剛奪取，人心不穩。」

管亥、周倉都當過黃巾賊，他們兩個對皇帝沒啥好印象，直言不諱更是毫無顧忌，值得一提的是，如今大漢的天子確實沒啥好說的，形同虛設，雖然在長安弄了個小朝廷，但基本上都是聽從馬超、馬騰的。

馬騰遠在涼州做他的涼侯，負責訓練士兵和羌胡人搞關係，馬超則將京畿大權全部握在自己的手裡，除了哄小皇帝開心以外，其他的什麼也不讓皇帝做，一切都要他拿主意，小小的馬超基本上等於真正的皇帝。

馬騰、馬超父子為了獲得關東諸侯的支持，便封了一大批古國侯，進一步使得大漢的江山瓦解，大家都在爭奪地盤，根本不會將大漢的天子放在眼裡。

「主公說的也有道理，屬下明白了。」

高飛笑道：「嗯，明白就好。可否給河南城飛鴿傳書了？」

「已經給了。」

「希望文醜能夠在洛陽再次混戰時趕過來，這一次我要一舉給予袁術和劉表一個重創，讓這兩個人從此不敢再囂張。」高飛道。

第二天一早，袁術一馬當先的奔到洛陽城的廢墟，看到兩年前被自己一把大火燒成灰燼的洛陽城，他也有一絲的傷感。

「主公，你看，那是燕軍的大營，看來高飛比我們先到啊，那麼那玉璽會不會被挖出來了？」紀靈提醒道。

袁術皺著眉頭，看了一眼高飛的軍營，隨後眉頭舒緩，笑道：「區區那麼點人，何以阻擋我四萬大軍？走，跟我一起去見高飛，我要看看，他到底有幾個膽子，敢打傳國玉璽的主意。」

紀靈勸道：「主公，燕軍大營不宜進，不如將高飛叫出來見面，這樣安全點。」

袁術道：「嗯，你說得不錯，那這件事就交給你去做了，一定要擺平。」

紀靈道：「放心，屬下一定不會辜負主公對我的一片厚望。」

話音落下，紀靈便派了一個親兵去奔赴燕軍大營，通知高飛出來見袁術。

不多時，高飛從燕軍大營裡走了出來，看到袁術一臉驕橫的騎在馬背上，冷笑一聲道：「**中原便是你的末日，我看你能笑到什麼時候。**」

袁術帶著紀靈、嚴象、樂就、梁剛等人，策馬來到燕軍大營外面的空地上，遠遠地看到高飛帶著管亥、周倉二將出迎。

兩下相見，袁術和高飛都是一臉假意的喜悅，互相拱了拱手。

「燕侯，別來無恙啊？」

袁術並沒有因為高飛吞併了袁紹的部眾而感到不爽，反而發自內心的開心，袁紹那麼輕易的就死了，也就說明袁紹不如他，而且他也始終沒有用正眼看過袁紹。

高飛深知袁氏兄弟不和，見袁術一臉的笑意，便隨口道：「托宋侯的福，我一向安好，不知道宋侯可安好？」

「好，怎麼不好，好的不能再好了。」袁術看了看自己身後的數萬大軍，臉上的驕橫之氣立刻洋溢出來。

若是擱在以前，袁術根本不會把高飛放在眼裡，一個出身涼州隴西的武人，有什麼值得他看重的?!可是這幾年過去，**他不得不承認，這個當年他一直看不上眼的人，竟然有如此大的成就，而那個他一直看在眼裡的孫堅，卻又和他在淮南一帶進行頻繁的爭奪。**

高飛掃視了一眼袁術背後的雄兵，打心眼裡說，袁術的兵將都可謂裝備精良，每個士兵也都個個精神飽滿。

豫州乃是人口、財富、人才的聚集之地，袁術坐擁豫州，實際上是占據了天時和地利，不想強大都不行。

當然，袁術除了兵多、錢多、糧多之外，真正有能力的將軍、謀士卻很少，數上來的，也只有紀靈、張勳兩位首屈一指的大將而已，謀士方面就只有嚴象、劉馥等人，在名將如雲、謀士成群的東漢末年，這些人都不太彰顯。

但是，值得一提的是，袁術帳下的紀靈確實是一位不可多得的帥才，基本上打仗全靠他。前半個月剛剛結束和孫堅的淮南之爭，便立刻馬不停蹄的調到了中原來，由張勳負責留守壽春。

紀靈此人武力不俗，略有將才，一直是袁術帳下的心腹大將，還外加貼身保鏢，基本上走哪帶哪。

袁術是貴族，向來飛揚跋扈，一般真有才學的人，即使投靠他，也不會被發現，在人才的任用上，這一點他不如袁紹，但是說起聚集財富，招兵買馬，這一點他比袁紹強多了，不然他的部下不會個個裝備精良。

說白了，**袁術打仗，是用人堆起來的**，我的將可以不如別人，謀士也可以不如別人，但是我兵多，我十個人打你一個，不夠的話，我二十個人打你一個；除了兵多，糧食也多，一般參加宋軍的，都吃得飽飽的，不像曹操的兵，有時候還要餓肚子。

所以，在和孫堅多次爭奪淮南一帶的時候，袁術基本上是勝多敗少，孫堅越打兵越少，越打糧食越匱乏，可是袁術卻不一樣，人家越打兵越多，越打糧食就越充足，真是個奇怪的現象。

高飛沒有到過豫州，不知道豫州境內是何等情況，他要是去了，就會發現豫州境內的百姓都是兵，沒有受過訓練不要緊，只要會種地就可以，只要你參軍，都會讓你吃喝不愁，而且打仗砍死一個人還有重賞。基本上，袁術的打仗方法，就是用錢砸，用人堆。

當然，這也和他早年積攢的財富有關，袁紹散盡家財，他則從四面八方聚攏錢財，袁紹得到的是士人的支持，他得到的卻只有錢，可是也不能小看錢的威力，一旦他把錢都散出去，有許多窮苦的人拼命的為其賣命。

看到袁術金盔金甲，身上穿的衣服也是用蜀錦做成的，那叫一個奢華，跟樸素的曹操一比，簡直是一個天上，一個地下。

「聽說，你在挖傳國玉璽？」袁術開門見山地問。

高飛知道袁術有恃無恐，誰背後站著四萬大軍，說話都會很有底氣。

「額……是有這麼回事……」高飛答道。

袁術眼裡冒出了精光，繼續問道：「那你……挖到了沒有？」

「挖到了。」高飛毫不掩飾的說。

袁術瞳孔放大，臉上露出驚喜，清了清嗓子，做出一副清高的樣子，道：「燕侯，你也知道，我們袁家是四世三公，都是朝廷的棟梁，如今天子遠在長安，你既然得到了玉璽，就應該送還回去。不過你兵力太少，而覬覦這傳國玉璽的人又太多，我怕你會出現不測，遭到其餘諸侯的襲擊，所以我決定，好人做到底，由我代你將傳國玉璽送到長安，然後迎回天子，重修舊都，如何？」

他的想法很簡單，乖乖給我的話，就不找你麻煩，不給的話，那我就不客氣了，直接派人上去搶，他有四萬人，一人吐一口唾沫就能把高飛淹死。

高飛聽後，沒有絲毫的猶豫，點點頭道：「可以，我可以將傳國玉璽交給你，不過，我有一個條件……」

「什麼條件？」

袁術心花怒放，別說一個條件，就算十個、一百個、一千個他也答應。

他心裡暗暗嘲笑高飛，認為高飛不懂得玉璽的價值，這麼快就將玉璽拱手送給他了，他拿了玉璽以後，回到豫州或者淮南便可以稱帝，就可以當皇帝，接受四方諸侯的朝拜，那什麼長安的白板天子，讓他見鬼去吧，誰讓你沒有玉璽，誰有玉璽誰就是皇帝。

「很簡單，我軍糧食匱乏，我只想找你借點糧食，以供我班師回燕國的食用。」高飛說道。

「哈哈哈……我當你要說什麼大不了的條件，原來就是要糧食啊，說吧，你要多少？」袁術高興的合不攏嘴。

高飛皺起眉頭，若有所思的樣子。

袁術見高飛沒有回話，便主動問道：「給你一萬石？」

高飛搖搖頭，道：「這可是玉璽……」

「那要不給你兩萬石？」袁術試探地問。

高飛又搖搖頭，說道：「這可是傳國玉璽……」

「三萬石？不能再多了，我總共就帶了五萬石糧食來，而且再重新調度也十分的麻煩。」袁術臉上露出不悅。

高飛道：「這可是貨真價實的傳國玉璽，是皇帝的象徵……」

「他奶奶的！老子豁出去了，四萬石，給你四萬石糧食，你把傳國玉璽給我，不然的話，別怪我對你不客氣了。」

袁術年輕時是混江湖的，後來才走高雅路線，罵人很正常，說粗話更是很隨意，只是後來身分變了，他就很少說了，這次被高飛逼急了，立刻原形畢露。

「成交！」高飛沒有猶豫，道。

袁術一臉的陰鬱，看到高飛用一個玉璽換取了那麼多糧食，實在是物超所值，可是誰讓那個玉璽是無價之寶呢。

「玉璽呢？拿來給我！」袁術將手一攤，說道。

高飛笑道：「別急嘛，一手交玉璽，一手交糧食，請宋侯耐心的等上一天，那麼多糧食，我這點人無法帶走，我必須再叫來一些人才行，大概明天就會抵達。到時候，我們就進行交易，如何？」

袁術也不怕高飛跑，他今夜就做好了打算，要把高飛包圍起來，萬一要跑，他就上去搶。

他其實也不願意用糧食換，搶來的才是讓人最舒服的，可是他的兵源快沒有了，在豫州剩下的十幾萬兵馬萬一打完了，他就很難再徵到兵了，而且高飛是打敗袁紹的人，他多少有點忌憚，能不打最好不打，畢竟糧食可以再籌，對他來說，不算什麼。

「好吧，那就這樣定了。」

兩人商議完，隨即高飛帶著管亥、周倉回營。

袁術帶著紀靈等人立刻部署安營紮寨，在高飛營寨的四個角立下四座大營，並且派出巡邏隊，生怕高飛夜裡會逃跑。

高飛也擔心袁術說話不算話，命令士兵加強戒備，馬不卸鞍，人不脫甲，和衣而眠。

一夜無事，到了第二天早上，黃忠率領部下和馬騰軍的張濟、樊稠一起趕到，與此同時，被宋軍層層設下障礙擋在後面的楚軍也趕了過來，十幾萬兵馬彙聚在洛陽廢墟一帶，各個都是劍拔弩張。

黃忠、趙雲、文醜等人帶著重步兵、重騎兵的裝甲開進燕軍大營，四路諸侯的大軍分別駐紮在不同的位置上，**大家的目的都只有一個，那就是搶奪玉璽。**

袁術感到了一絲不尋常，立刻將四座大營全部遷徙到東南方，與在西南方立下營寨的劉表，在西北方立下營寨的張濟、樊稠，以及在中間立下營寨的高飛遙相呼應。

高飛故意讓人將傳國玉璽在自己手中的消息放出去，還說今日要和袁術進行交易，時間剛到辰時，洛陽廢墟周圍，**一場爭奪戰已經在蓄勢待發了。**

燕軍大營裡。

高飛聚集了眾將，黃忠、趙雲、文醜、管亥、周倉盡皆到齊，河南城的物資轉運工作，則交給郭嘉、許攸、歐陽茵櫻、李玉林等人，並且動員當地百姓撤離，利用發散傳單，鼓吹幽州是世外桃源的方法，立刻俘虜了很多百姓的心。

中原乃是四戰之地，洛陽一帶飽受戰火摧殘，百姓不堪忍受重負，再加上剛剛死去的呂布之前又大肆徵兵、壓迫，使得百姓迫切希望遷徙到其他地方，這個時候，燕軍的到來，讓他們找到了希望，於是洛陽一帶好幾個縣的百姓都進行了大遷徙，紛紛攜家帶口的北渡黃河，規模達到了空前。

得知這一重要資訊的高飛，聽完彙報後，滿意的點點頭，國家的興亡，最受苦的就是百姓，他很能理解到這一點。

「如今該來的都來了，曹操聰明，沒有來，而是回虎牢關去了，不過這樣也好，省得我們再和他發生衝突，剩下的劉表、袁術、樊稠、張濟等輩，這一次就讓他們徹徹底底的打個熱鬧吧。你們都過來。」

眾將聚集過來，見高飛在桌上用沙石做了一個模擬地形，整個洛陽城附近的地方盡收眼底。

「主公，這是什麼？」趙雲好奇地問道。

「這是地形圖，是我這兩天根據這一帶的地形所做出來的縮放模型。」高飛伸手指了指道：「你們看，這三座大營，分別是劉表的楚軍、袁術的宋軍以及張濟、樊稠的涼軍，我軍正好處在三路大軍的包圍之中……

「我的意思是，拋磚引玉，以傳國玉璽為誘餌，吸引三軍來搶，我軍則迅速抽離出去，輾轉到外圍靜觀其變。此次我軍只動用了五千重騎和一萬重步兵，人數雖然少，但是憑藉得天獨厚的優勢，以及平時的訓練，完全可以將這三家兵馬橫掃一遍。」

「主公的意思是，同時向三家開戰？」黃忠想起了之前對他有過恩情的劉表，趕緊問道。

「先讓三家打，我們只負責圍堵，誰要逃跑，就堵截誰，這三條是他們逃跑的必經之路，每個必經之路上留下五千人駐守，以我軍現有的實力，對付這些殘兵敗將，簡直是輕而易舉。既然引來這麼多兵馬，如果不在中原做出一點轟動的事，那豈不是白來了？何況，這條計策從一開始就計畫好的，先讓呂布攪亂中原，再由我軍率領鐵騎橫掃中原，這一仗下來，三家就算不死，也得脫層皮。」高飛道。

「可是，曹操還在虎牢關駐守，他必然也會分一杯羹吧？」文醜問道。

高飛笑道：「曹操是個聰明人，與其來這裡蹚渾水，不如渾水摸魚，扼守虎牢關，從兗州揮兵南下，直搗袁術豫州老巢。如果孫堅再得到消息的話，必然會再次糾集兵力，渡江北上，攻取淮南之地，這樣一來，袁術就算兵再多，也無法首尾相顧，只有等死的份了。」

「主公英明。那張濟和樊稠就交給我吧，正好我也想和他們兩個來個了結。」文醜道。

高飛道：「子龍去對付劉表，漢升去對付袁術，我與周倉、管亥率領二十親隨來誘發戰爭，現在你們就各自帶領重裝騎兵和步兵出營，分別堵住三家兵馬的歸路，只要我不動，他們不會對你們怎麼樣的。」

「諾！」

吩咐完畢，高飛親自帶上傳國玉璽，和管亥、周倉一起出了大營，帶著傳國玉璽，直奔袁術的大營。

高飛一出營，立刻引來三家的圍觀。

劉表站在望樓上，看著高飛帶著一個十分顯眼的物品去了袁術那裡，心中一驚，道：「這個傢伙果真要用傳國玉璽和袁術做交換？不行，必須要阻止他。黃祖、蔡瑁、張允快率部出擊，絕對不能讓袁術拿到，不惜一切代價搶回來，那傳國玉璽是我們皇室的東西，不能落在別人的手裡。」

「諾！」

西北方，張濟、樊稠看到高飛去了袁術那裡，計議道：「主公只吩咐我們來奪取司隸，哪知道會出現傳國玉璽，到底要不要搶？」

樊稠道：「先靜觀其變吧，劉表已經出兵了，讓他和袁術先打會兒，我們好坐收漁人之利。高飛也已經答應撤兵到黃河以北了，到時候司隸、傳國玉璽一起奪過來。」

張濟道：「也只有如此了。」

忽然，張濟、樊稠看見文醜帶著五千重步兵，直奔這個方向而來，心頭一震，想道：「難道文醜想攻擊我們？」

「全軍戒備！」

文醜才出大營，趙雲便帶著五千重步兵直奔劉表方向。隨後，黃忠帶著五千重騎兵繞道去了袁術大營，三路大軍齊出，又給戰場上增加了一絲不確定的因素。

「回來！不可冒進！」劉表看到這一幕後，立刻對剛走出大營的蔡瑁、黃祖、張允三人喊道。

「高飛這是要幹什麼？」劉表狐疑道。

蒯良道：「狀況不明，少安勿躁，燕軍的戰力不可小覷，帳下猛將如雲，可惜劉備帶關羽、張飛先行返回新野去了，不然，我軍也不必擔心那麼多。」

劉表道：「我真後悔讓玄德離去，應該讓他多留一段時間的。」

蒯良道：「已經來不及了，只怕他現在已經到新野了。不過，黃祖帳下的甘寧尚可聽用，完全可以阻擋趙雲。」

「未必是來進攻的，敵不動，我不動。」劉表道。

「諾！」

袁術在大營門口等候，看見高飛親自帶著玉璽和二十二名部下前來，臉上一陣歡喜。

隨後，他注意到黃忠、趙雲、文醜三人分路而進，也沒有多想，他還以為那是高飛故意為了交易而擺出的進攻姿態，威脅另外兩家大軍，畢竟當著那麼多人的面，親手將傳國玉璽交出去實在太危險，必須要有點準備才行。

對於黃忠的那五千人，袁術則以為是來拉糧草的。他不笨，也不傻，知道昨天被高飛尋開心之後，便決定在交易的時候下黑手，可是如今看到黃忠氣勢雄渾的過來，多少有了點擔心。

與此同時，在遠處一座小山的山頂上，曹操、徐庶、典韋、許褚隱匿在一塊大石的後面，目光注視著洛陽廢墟一帶的動靜。

徐庶見黃忠帶領鐵浮屠出來，便指著鐵浮屠對曹操小聲說道：「主公，這便是燕軍最厲害的鐵浮屠，聽說趙軍一萬精銳就是被鐵浮屠給屠殺了九千多人，並且只損傷了五匹戰馬，是個極為難對付的兵種。」

曹操上次見過這種全身覆甲的重騎兵，只是當時所有的馬匹都是分開的，並沒有用鐵索連接在一起，看上去沒有現在這種用鐵索將十匹戰馬鎖在一起的鐵浮屠有氣勢。此次再次看到這種騎兵，他的眉頭不禁鎖了起來。

「十匹戰馬連成一體，士兵、戰馬全部裹覆著一層厚厚的甲衣，刀槍劍戟都無法將其貫穿，雖然奔跑起來不快，但是若用來堵截的話，就好比是一堵牆壁，這種騎兵的厲害之處就在於連鎖，若是一匹戰馬受損，其餘九匹戰馬仍能保持原有的機制，繼續向前衝擊，確實是很厲害……」曹操看後，細細分析道。

眼光敏銳的曹操親眼目睹了鐵浮屠後，聯想起自己聽來的鐵浮屠在河北作戰的方式，便迅速得出結論。

「還好，當初在河南城沒有和高飛發生衝突，不然的話，就我們那點馬步軍，根本就不夠他們踩的。」曹操自嘲地道。

「主公，高飛這個人實在太可怕了，以屬下的猜測，他從幽州南下之後，就已經打算好要來中原攪局了，這個人的眼光實在太遠了，必須想辦法除掉他才行。」徐庶隱隱地感到一絲不祥的預感。

曹操轉過身子，對徐庶、典韋、許褚道：「我們回去，袁術這次插翅難飛，可以展開對豫州的進攻了，另外，派人通知江東的孫堅，讓他隨意攻取淮南之地。」

「主公的意思是，讓孫堅牽制住袁術在淮南的兵力？」

「嗯，與其給袁術留著一塊隱患，倒不如做個順水人情，送給孫堅好了。如果這時夏侯淵能把徐州安撫好的話，我根本用不著送給孫堅這個人情。」

許褚問道：「主公，這就走了？好戲還沒開始呢？」

曹操笑道：「**與其看人家的好戲，不如自己演戲**，走吧，豫州的好戲要遠比這裡的精彩，高飛的布局我大致明瞭，洛陽這裡大概又要多上十幾萬亡魂了。」

話音一落，曹操便帶著徐庶、典韋、許褚下了山，心中想道：「高飛，早晚有一天，**我要打敗你最引以為傲的鐵浮屠，讓你知道，我曹操一點也不比你差……**」

高飛帶著管亥、周倉以及二十騎兵緩緩地駛向袁術的宋軍大營，此外，黃忠、趙雲、文醜三部兵馬的分兵而進，更讓袁術、劉表、張濟和樊稠有點吃不準用意何在，**難道高飛要同時向三軍開戰嗎？**三家軍隊基本上都是這樣想的。

天地間一派肅殺的氣氛，三座大營都是劍拔弩張，看著燕軍的兵馬緩緩地靠近營寨，並且繞過營寨走了，三家軍隊這才放下心來。

高飛停在袁術大營的門口，將手中捧著用黃布包裹的一個盒子高高的舉了起來，然後朗聲衝袁術喊道：「宋侯，傳國玉璽在此，請火速派人來取。」

此話一出，頓時驚動了宋、楚、涼，三軍將士。

袁術對高飛的大聲呼喊感到十分的不爽：「這個該死的高飛，生怕別人不知道他手裡拿的是什麼東西嗎，竟然喊的那麼大聲！」

「紀靈，快去將玉璽取回來。」袁術饒是氣憤不已，但是面對玉璽的誘惑力，他也只能強壓住心中的不悅，先取得玉璽再說，至於那什麼糧食，到時候可以暫時推脫十年八年的。

紀靈聽後，策馬而出，挺槍向前，到了高飛身邊，很有禮貌的朝高飛拱拱手道：「燕侯，我奉命前來取玉璽。」

高飛道：「糧食呢？」

「正在裝車，一會兒就派人運抵燕侯大營。」紀靈撒謊道。

高飛笑道：「好吧，玉璽就先給你。」說罷，高飛將玉璽拋給紀靈，說道：「我在營中等你們的糧食。」

紀靈帶著玉璽轉身便走，臉上浮現出一抹笑容。

突然，他的臉上一變，豎起的耳朵聽到了一聲破空的聲音，一支羽箭便從側面飛了過來。

一個蹬裡藏身，紀靈躲過那支羽箭，目光透過馬匹和地面的縫隙，看到楚軍中一員大將飛出，正是甘寧。

此外，楚軍兵馬魚貫出營，騎兵在前，步兵在後，蔡瑁、張允、黃祖分別指揮著左、中、右三路兵馬，直奔宋軍大營。

紀靈快速馳入營中，來到袁術的面前，當即道：「主公，請火速備戰，楚軍殺過來了，定是要爭搶玉璽。」

袁術不慌不忙地接過玉璽，說道：「慌什麼？就憑劉表那點兵力，還想跟我鬥？他雖然是漢室後裔，可這玉璽，他劉表絕對不配擁有。迎戰！」

高飛見楚軍大舉而來，早在他預料當中，帶著管亥、周倉等人急忙向西北方向奔馳而去。

張濟、樊稠站立在望樓上，遠眺著楚軍殺奔宋軍，兩人的臉上都浮現出一絲喜悅。

可是，沒過多久，兩人臉上的笑容便消失了，因為他們看到高飛帶著管亥、周倉不是回營，而是奔著他們的營地來的。

「全軍戒備，沒有我的命令，誰也不許放箭！」張濟見後，立刻叫道。

「你說高飛是不是奔著我們這邊來的？」樊稠狐疑的問道。

張濟笑道：「區區二十餘騎兵，若要殺他，如同捏死一隻螞蟻一樣簡單。」

高飛帶著管亥、周倉到涼軍大營的射程外，高飛轉身對周倉道：「把玉璽交給張濟、樊稠。」

周倉邪笑一聲，從懷中掏出一個沒有任何修飾的傳國玉璽，策馬向前，朗聲喊道：「張將軍、樊將軍，我家主公特地派我送來玉璽，還請二位將軍笑納。」

張濟、樊稠面面相覷，看到那邊已經打起來的宋軍和楚軍，又看了看周倉高高舉起的玉璽，兩人登時變得迷茫起來，這玉璽竟然是真的。

兩人曾經跟隨過董卓，親眼目睹過傳國玉璽，自然認得周倉手中拿著的是真玉璽。董卓被殺後，兩人才投靠馬騰，這幾年一直駐守在函谷關，雖然說不上是馬騰的心腹，但是受到馬騰的重用，一直鎮守弘農郡，作為西進關中的第一道屏障。

**「這是怎麼一回事，難道高飛給袁術的是假玉璽？」**樊稠小聲問道。

張濟道：「解鈴還須繫鈴人，這件事也只能由高飛親自解釋。不過，看高飛的樣子以及那是一塊真玉璽，應該不會有詐。」

「不過，還是要問上一問才行。」樊稠小心翼翼地道。

張濟點點頭，朗聲道：「燕侯，你將玉璽拱手相送，到底是何用意？」

高飛道：「傳國玉璽乃大漢天子必備，如今天子暫居長安，若是沒有傳國玉璽陪伴，只怕名不正則言不順，我高飛一心為國，得到玉璽，自然要上交朝廷了。」

張濟半信半疑，和樊稠商量道：「你覺得高飛可信否？」

「不管可信不可信，那個玉璽確實是千真萬確的，就算無法占領整個司隸，帶著玉璽回去，也不至於被責罵，說不定還會因此加官進爵。」樊稠道。

「好，先把玉璽弄到手再說。」張濟便對周倉道：「請把玉璽放在地上，我自會派人前去取，請你們退後。」

周倉將玉璽拋在地上，策馬奔回高飛身邊。

高飛見營寨中有人來取玉璽，冷笑一聲，抱拳道：「張將軍、樊將軍，一切就拜託二位了，高某就此告辭。」

話音一落，不等張濟、樊稠反應過來，高飛便帶著管亥、周倉等騎兵一起向西北方向而去。

外面廝殺不斷，袁術坐在帳中把玩起高飛送來的傳國玉璽，打開包著的那層黃布，露出一個金絲楠木雕琢而成的盒子，偶爾還能聞到一股淡淡的清香。

「有了這個傳國玉璽，號令天下，誰敢不從？我先稱王，後稱帝，天下莫敢所向，就算早死兩年，能當一回皇帝，死也瞑目了。」

帶著喜悅的心情，袁術打開了金絲楠木的盒子，**讓他吃驚的是，盒子裡竟然空無一物。**

「玉……玉璽呢？」

袁術頓時想起了高飛的反常，說好了用玉璽換取糧食，怎麼能出爾反爾。

「該死的高飛，竟然敢耍我……」

袁術將金絲楠木盒子一巴掌拍掉在地上，全身披掛，出了大營，見大營內外箭矢如雨，楚軍正在攻打自己的軍隊，自己的軍隊則陷入苦戰當中，真是叫天天不應，叫地地不靈。

劉表站在望樓上，看到高飛又去了張濟、樊稠的軍營，並且讓部下拋下一個東西，心中一驚，立刻道：「糟了，**高飛是故意引我軍去攻打袁術**，好騰出時間把玉璽送給涼軍，畢竟控制天子的三人是涼侯馬騰之子馬超。看來高飛是想用這塊玉璽和馬騰搞好關係……」

想到這裡，劉表再也站不住了，他怕張濟、樊稠帶著玉璽走了，急忙下令道：「王威，帶著剩下的士兵，快去將玉璽搶過來，絕對不能讓張濟、樊稠帶走，**馬氏父子玩弄天子，天下人應當共同討伐。**」

軍營裡，一員大將策馬而出，帶著士兵便朝張濟、樊稠衝了過去。

「快去傳令，讓他們掉頭攻擊涼軍。」劉表怕王威兵力不足，急忙吩咐道。

不一會兒，命令便被下達下去，劉表要退兵，袁術見狀，立刻指揮士兵掩殺，並且追逐著楚軍，朝涼軍大營奔馳而去。

高飛早已離開此地，張濟、樊稠得到玉璽後，還沉浸在喜悅中，但見數倍於自己的兵馬向營寨這裡狂奔過來，兩人大吃一驚，立刻命人迎戰。

洛陽的廢墟上，喊殺聲震天，瓦礫上，鮮血灑滿了大地，使得一切都變得紅豔豔的。

三方混戰，從晨到午，又從中午到傍晚，廢墟上死屍一片，血流成河。夕陽西下，天邊出現了道道晚霞，紅得像血，和地上的血色遙相呼應。

此時，三方都各自罷兵，**其中以劉表傷亡最重**，他的部隊在中間，受到涼軍和宋軍的前後夾擊，折損了一萬多人。

**最受利的則是張濟、樊稠，兩個人緊守營寨，還得到了玉璽，損失很少。袁術無疑是最傷心的人，偷雞不成蝕把米，害人又害己。**

此時，三方士兵都在清理著各自寨門前的屍體，以備明日再戰。

「主公，屬下剛剛從洛陽廢墟回來，涼軍、楚軍、宋軍三方會戰，今天一天便戰死了差不多有三萬多人，照這個速度下去，不出四日，就會變成一堆死屍了。」文醜道。

高飛笑道：「很好，**這次不僅是死屍那麼簡單，要懂得放手。袁術不能殺，殺了只會壯大曹操和孫堅，張濟、樊稠則可以隨便殺，至於劉表，殺不殺無所謂。**」

文醜又問道：「玉璽是否要搶回來？」

「如果可以的話，就搶，不可以就不要搶了，畢竟對我來說，沒什麼用。你先下去準備一下，今夜張濟、樊稠或許會撤回函谷關，要是發生衝突，就直接進行攻擊，絕對不讓這兩個人活著出洛陽。」

「諾！」

# 第十章

# 不祥之物

蒯良橫眉怒道：「這是不祥之物，只會給我軍帶來災難……」

「軍師何出此言？有此玉璽者，便可擁有天下，如今天子被馬騰父子玩弄於鼓掌之中，今日這傳國玉璽輾轉到了我的手中，就意味著我大漢……」劉表捨不得地道。

在深不可測的高空裡，黑暗展開了墨色的天鵝絨，掩蓋著地平線，無數星星正發散著亮光，閃著磷色的光輝，織成美豔的圖案。

在大地與蒼穹銜接的模糊不分的地方，在黑暗中散布著明亮的燈火，洛陽廢墟周圍的三座大營都是燈火通明，將燕軍那一座空蕩蕩的營寨照得一清二楚。

涼軍大營裡，張濟、樊稠審視著擺放在他們面前的傳國玉璽，兩人的心裡七上八下的。

他們兩個不是笨蛋，大戰觸發之際，還沒有時間細細的想，待靜下心來，兩人便立刻明白過來，**這是高飛給他們下的套。**

袁術、劉表對玉璽都是勢在必得，對張濟、樊稠二人來說，這個東西可有可無，反正當朝的天子已經做了好幾年的白板天子了，要不要這傳國玉璽都毫無意義。

張濟端起一杯酒一飲而盡，抬眼看了下坐在對面的樊稠，問道：

「我們這次來，帶的兵不多，面對劉表、袁術數倍於我們的敵人，如果要帶走傳國玉璽的話，只怕會很難脫身。馬壽成那傢伙只說讓我們趁亂占領司隸，並未提及玉璽的事，以我看，我們不如留下玉璽，讓劉表和袁術爭個你死我活，我們靜觀其變，然後從中取利，怎麼樣？」

樊稠道：「你的意思是，將傳國玉璽轉手送給其中一方？」

「嗯，只有如此，他們兩家才會打得死去活來的，而且劉表和袁術一直都不是很合得來，如果不是為了驅逐呂布，只怕也不會聯手，如今二人的爭端已經起來了，我們擁有玉璽的消息也已經被兩家知道，只怕他們兩家會聯合起來，一起攻打我軍。」

樊稠明白，張濟的擔心不是沒有道理的。他們兩個曾經是董卓手下四個大將之一，和郭汜、李傕並列，分別統領董卓的精銳軍隊，四個人都有其出色的一面。郭汜擅於打伏擊戰，李傕擅於打突擊戰，樊稠武力在四個人中是最高的，每次衝鋒基本上都是他，算是一員猛將，而張濟則擅於謀劃，他和樊稠的配合算是天衣無縫，經常出雙入對，感情也很深厚。

「這樣也好，省得我們受到猛烈的進攻了。但是，我們這次只帶了一萬人，白天死了一千多，若緊守營寨，不會有什麼問題，但是要想將劉表、袁術打敗，必須要再調集兵馬前來才行。你侄子張繡不是在函谷關嗎？讓他帶兵過來，留下幾千人，讓楊奉守衛函谷關就可以了。」

張濟聽後，搖搖頭道：「不妥不妥，楊奉志大才疏，不是守關的料，函谷關是西進關中的第一道屏障，如今洛陽再次陷入混亂，只怕百姓也會大舉遷徙，更何況燕軍還在我們背後的河南城虎視眈眈，萬一燕軍在背後搗亂，那我軍就腹背受敵了。」

「那你說該怎麼辦？」樊稠問計道。

「撤！撤軍回函谷關，休整之後再回來戰鬥，到時候劉表和袁術打得也差不多了，我們回來正好收拾殘局。」張濟道。

「嗯，好吧，就聽你的，我們連夜撤兵。」

張濟喚來一個親隨，將傳國玉璽交給那個親隨，吩咐道：「你帶著傳國玉璽去一趟楚軍大營，將玉璽親手交到劉表的手上。」

「諾！」

樊稠見那親兵出去後，問道：「為什麼不把傳國玉璽交給袁術？」

「與劉表比起來，袁術對傳國玉璽的興趣更大，劉表今天白天損兵折將，我怕他不會盡力爭奪傳國玉璽。袁術就不一樣了，這個人野心很大，一心想將傳國玉璽據為己有，他才會拼盡全力去搶。」

「呵呵，我是越來越佩服你了，那我們現在就拔營起寨。」

宋軍大營裡，宋侯袁術氣得不輕，偷雞不成蝕把米，他也徹底恨死高飛了，如果昨天他就直接上前去搶，現在應該早帶著傳國玉璽回到豫州境內了。

「這個該死的高飛，實在太可惡了，居然敢耍我？我跟他沒完！」

袁術猛地灌下了一口酒，剛入口，便將酒給吐了出來，恨恨地將酒杯摔在地上，大聲罵道：「這是什麼酒，連馬尿也不如。去！把珍藏的那罈御酒給我拿來！」

這時，紀靈走了進來，急忙道：「主公，不好了，涼軍要撤軍了，末將親眼看見涼軍裡有十幾個人護衛著一個東西奔到楚軍大營裡，看那緊張的樣子，末將以為很有可能是傳國玉璽。」

「傳國玉璽？」袁術猛地站了起來，獰笑道：「看來張濟、樊稠也不過如此，竟然將這麼重要的東西送人？傳令下去，集結大軍，夜襲楚軍大營！」

紀靈道：「諾！」

楚軍大營裡，劉表接過涼軍士兵送來的傳國玉璽，拿在手裡仔細地把玩了一番，臉上帶著驚喜，也夾雜著一絲愁容，道：

「輾轉數年，大漢皇權旁落，我身為大漢皇室後裔，文不能安邦，武不能定國，實在愧對列祖列宗，今日傳國玉璽重歸於我大漢皇室之手，看來是天佑我大漢啊……」

大帳中，蒯良、蔡瑁、張允、黃祖四人聽後，都面面相覷，心中想道：「主公和劉備只接觸了不到幾個月，沒想到竟然受到劉備那廝的影響如此之大，居然以復興大漢基業為己任了，劉備那廝留著實在是個威脅……」

劉表放下傳國玉璽，慈眉善目地對那個涼軍士兵道：「你回去告訴張濟、樊稠，讓他們轉告涼侯馬騰，請早日將天子送達襄陽，否則，我勢必會發布討伐馬騰的檄文，聯合天下群雄共迎天子駕臨舊都。」

蒯良聽後，立刻站了出來，拱手道：「主公，這傳國玉璽不能要，請讓這人帶回，我軍也應該及早撤軍。」

蔡瑁、張允、黃祖都紛紛不解，齊聲道：「軍師，這可是傳國玉璽……」

蒯良橫眉怒道：「**這是不祥之物，只會給我軍帶來災難……**」

「軍師何出此言？傳國玉璽乃大漢皇權的象徵，有此玉璽者，便可擁有天下，如今天子被馬騰父子玩弄於鼓掌之中，我身為漢室後裔，卻無法解救天子出來，實在是愧對天下啊。今日這傳國玉璽輾轉到了我的手中，就意味著我大漢……」劉表捨不得地道。

蒯良正色道：「主公，請聽屬下一句勸，這傳國玉璽不能要！」

劉表置之不理，讓人送走了那個涼軍士兵。

蔡瑁、張允、黃祖都覺得蒯良說得太嚴重了，這玉璽的重要性，誰不知道啊，怎麼可以放著到手的鴨子不要呢？

「主公若是執意如此，那就請主公連夜撤軍回荊州，不然的話，一旦消息傳到袁術的耳朵裡，那狼子野心的袁術定然會發兵攻打我軍，到時候想走都都不成了。」蒯良擔憂道。

「軍師，何必急在一時，我軍營壘堅固，就算宋軍全力來攻，也只會損兵折將，何況白天士兵都已經疲憊不堪了，要是不好好的休息一夜，恐怕會引起軍士的怨言。」蔡瑁反對道。

劉表連連點頭道：「不錯，暫且休息一夜，明日再回荊州。」

「主公……」王威大步流星地跑了進來，抱拳道：「啟稟主公，宋軍大將紀靈率領部將樂就、梁剛突然發動襲擊，攻打我軍前營，前營士兵抵擋不住，現在敵軍已經攻進營寨，左營、右營兵力正在馳援，卻受到宋軍驍將雷薄、雷緒二人的堵截，一時無法支援……」

「我就知道……我就知道……這傳國玉璽就是一個禍害……主公啊，袁術兵多將廣，裝備精良，我軍白天折損數千人，疲憊不堪，不宜再戰，不如將傳國玉璽扔給袁術！**張濟、樊稠將玉璽給我軍，這是想看我軍和袁術廝殺**，他們好從中取利，**現在應該將計就計，將傳國玉璽給袁術，讓張濟、樊稠和袁術打，我軍連夜退軍，回到荊州之後潛心發展**，就算沒有傳國玉璽，也一樣可以迎回天子……」蒯良大聲疾呼道。

「哼！」黃祖冷哼一聲，瞪著眼看著蒯良，道：「軍師未免太過膽小了吧？區區紀靈而已，看我去取他首級。主公坐鎮中營，蔡瑁、張允、王威保護主公，我去迎戰紀靈，定斬下他的狗頭獻給主公！」

劉表點點頭道：「我在這裡等你好消息，蔡瑁、張允、王威，你們也出戰，千萬要擋住紀靈的進攻，絕對不能讓宋軍殺到這裡來。」

「諾！」

蒯良無奈地搖搖頭，他擔憂地想道：「**一個傳國玉璽，引發了兩次諸侯大混戰，看來這是早就策劃好的**，燕軍一早便離開了這裡，應該是高飛所為，燕軍實力驚人，只怕這次中原之行……唉！」

夜晚，戰馬嘶鳴，人聲鼎沸。

洛陽廢墟上，宋軍和楚軍正在猛烈的交戰，短兵相接，箭矢飛舞，喊殺聲響徹夜空。

西北方向的涼軍大營裡，張濟、樊稠悄悄地帶領部隊離開了洛陽廢墟，向函谷關方向而去。

清冷的夜晚，烏雲蓋月，張濟在前，樊稠在後，兩個人帶領著八千多騎兵人銜枚，馬裹足，沿著官道向西走去。

西去的官道上，高飛、文醜靜靜地等候在那裡，為了讓張濟、樊稠、劉表、袁術相信他們徹底撤軍了，黃忠、趙雲、文醜都按照高飛的指示，先遠行了三十里，再悄悄折回，在距離洛陽廢墟的地方駐紮下來，藏在官道的兩側。

眺望著遠處黑暗的道路，高飛的心裡久久不能平息，斥候剛剛來報，張濟、樊稠率軍回來，而劉表和袁術則打得不亦樂乎。

「主公，一會兒涼軍的兵馬就要到了，請主公在後軍觀戰。」文醜走了過來，道。

高飛道：「張濟、樊稠其實並不傻，居然把到手的玉璽扔了出去，實在是超乎了我的想像。這次他們率領八千騎兵回來，你的壓力就大了。」

「主公大可放心，這五千重裝士兵雖然只是步兵，但是屬下已經做好安排，保證讓那八千騎兵有來無回。」文醜自信滿滿地道。

高飛點點頭道：「文將軍，一切就拜託你了，這是你歸順我以後的第一戰，千萬不要辱沒你的名聲，我在河南城等你們凱旋。」

文醜聽到高飛這語重心長的話，激動地道：「主公放心，我一定不會辱沒我軍及主公的名聲，張濟、樊稠定教他們有來無回。」

「嗯！」高飛轉身便走。管亥、周倉二人護衛著高飛離開，很快便消失在夜色中。文醜則帶著部下隱藏在官道兩旁，只等著張濟、樊稠的到來。

張濟、樊稠遠離了楚軍和宋軍的混戰後，這才加快了速度。

向前行不到七里路，衝在張濟前面的幾十名哨騎突然人仰馬翻，地面坍塌出一個大地洞，地洞裡是豎起的尖木樁，凡是掉下去的人，都被木樁插死。

張濟急忙勒住了馬匹，讓部下停了下來，看到與自己相差咫尺的大地洞，心中一陣驚慌。

就在這時，官道的兩邊無數箭矢飛了過來，朝著官道上密集的騎兵群裡射去，騎兵一個接著一個的墜落馬下。

「有埋伏！全軍下馬……」

不是張濟反應遲鈍，而是這突如其來的變故讓他措手不及，根本沒有時間去呼喊。

「殺啊……」一隊伍整齊的重裝步兵從官道的兩邊殺了出來，手中握著鋼刀，前面舉著盾牌，穿著厚厚的戰甲，向官道中間的涼軍騎兵衝了過去。

與此同時，文醜單槍匹馬，一馬當先的從官道左側的高坡上殺了出來，一臉陰沉的他，眼睛直勾勾的盯住在前軍指揮的張濟，俯身在馬背上，直奔張濟而去。

燕軍三千士兵分散在官道的兩側，兩千人堵住涼軍的後退之路，五千人硬是將八千騎兵堵在並不寬闊的官道上，排成一條長長的人龍。

「不要慌……」張濟手握長劍，騎在馬背上，頭上戴著一頂熟銅盔，頭盔上是一個紅色的盔纓，在黑暗的夜裡很是顯眼。

「張濟！」

文醜用長槍接連挑死了擋在前面的士兵，登時來到張濟的身邊，身體猛然直立騎在馬背上，手起一槍，便刺向張濟的喉嚨。

張濟措手不及，長劍回擋，哪知道那長槍突然中途變招，槍頭向下一沉，鋒利的槍頭直接透過鐵甲，刺穿了他的心臟，當場斃命，從馬背上墜落下來。

涼軍士兵雖然各個身經百戰，但是從未和燕軍交過手，不知道燕軍這種重步兵的厲害，當他們看到自己槍刺不進，刀砍不動，箭射不透的時候，每個人的臉上都呈現出驚恐之色。

樊稠此時在後軍戰鬥，帶著部下迎戰從左、右、後三面齊攻的燕軍士兵，和所有人一樣，鐵質的兵器根本無法刺穿鋼製的鎧甲，只能任由宰殺。

**這是一場毫無懸念的戰鬥，這場戰鬥，深深地讓燕軍士兵體會到，為什麼自己的主公總是說科技是第一生產力了**，全身覆蓋著鋼甲，並且武裝到牙齒的士兵，肆無忌憚的橫衝直撞，將涼軍的騎兵全部擠在一起，讓這些騎兵最後連用手揮砍都沒有了空間。

樊稠還是第一次遇到這樣的情，他的槍頭折斷了，換上佩劍，劍刃卻出現了豁口，最後被一群士兵圍了上來，亂刀砍死在馬背上。

「投降者免死！」文醜一邊殺著敵軍士兵，一邊大聲喊道。

張濟、樊稠戰死之後，手下的騎兵都沒有了戰心，紛紛投降。

文醜讓人砍下張濟、樊稠的首級，並且收繳了降兵的武器和戰馬，派出兩千人押運著大約六千降兵回河南城，向高飛覆命。

洛陽廢墟那裡，楚軍和宋軍正在如火如荼的交戰，紀靈一馬當先，帶著樂就、梁剛在楚軍的大營裡來回衝殺，如入無人之地。

楚軍失去了前營，緊守中軍營壘，黃祖帶領著蔡瑁、張允、王威三個人來到中軍營壘前，布置下強弓硬弩，但凡靠近營寨的人都予以射殺，有效阻擋住宋軍的攻勢，中軍營壘前死屍一片。

紀靈攻擊受阻，暫時停止進攻，等待著雷薄、雷緒攻克楚軍左、右兩營。楚軍的左右兩營分別由蔡中、蔡和指揮，兩個人奮力抵擋住雷薄、雷緒的攻勢，但是最終還是由於寡不敵眾，紛紛兵敗身亡。

雷薄、雷緒占領左右兩營之後，立即向紀靈發出信號，然後夥同紀靈一起進攻楚軍僅剩的中軍營壘。紀靈則指揮士兵進行攻擊，展開新一輪的攻勢。

袁術站在宋軍大營的望樓上，眺望著楚軍大營就要被他攻破了，心裡一陣歡喜。

嚴象站在袁術的身邊，看到這一幕之後，急忙對袁術道：「多年來，劉表一直和主公做對，今夜要是不能將劉表擒殺，以後必然會成為我軍的隱患。只要劉表一死，荊州就會群龍無首，那我軍便可以趁機奪取荊州，之後集結所有兵力，進攻江東孫堅，主公霸業可成！」

袁術聽後，歡喜地道：「我若為帝，天下便可一統，漢室傳承百年的基業早已蕩然無存，我袁家四世三公，正當是王天下的時候。」

嚴象急忙說道：「主公可先稱王，等攻占了荊州、揚州等地後再稱帝，其餘諸侯必然會紛紛前來歸附。」

「哈哈哈……天下終究是要被我袁家所取代，袁本初、呂奉先、曹阿瞞、高子羽、孫文台、馬壽成、劉季玉、劉景升之流，都不足以和我相提並論，呂奉先、袁本初已經死了，劉景升再一死，其餘碌碌之輩更是不值得一提。傳令下去，讓紀靈進行猛攻，切莫放走楚軍一兵一卒。」袁術朗聲笑道。

「諾！」

戰鬥仍在繼續，紀靈、樂就、梁剛、雷薄、雷緒等人分別指揮士兵上陣殺敵，猛衝楚軍營壘。

平明時分，兩軍互相鬥得都略顯得疲憊，黃祖、蔡瑁、張允、王威緊守中軍營壘，剩餘的七千多楚軍將士死守營寨。

營寨外面，箭矢落得一地都是，屍體更是堆積如山，鮮血匯流成河，將營寨周圍的黃土都染成了一片血色，到處都充斥著血腥味。

太陽升起來的時候，兩軍停止交戰，暫時進行了短暫的歇息。

楚軍大營裡，劉表懷中抱著傳國玉璽，雙眼通紅，聽到這會兒外面平靜了許多。

他看了一眼同樣一夜未睡的蒯良，問道：「軍師，看來我是真的錯了，我沒想到這傳國玉璽會給我軍帶來那麼大的災難，袁術幾近瘋狂的爭奪，讓我軍將士不斷喪失，難道我軍就要絕命於此地嗎？」

蒯良道：「主公勿憂，宋軍也是傷亡慘重，緊守營壘之下，宋軍無法靠近營壘，這會兒停止了攻擊，想必也是疲憊不堪。黃祖帳下甘寧，有萬夫不當之勇，昨夜並未參戰，不如將他叫來，給他一兩千騎兵，讓他帶領著騎兵在外衝殺，或許能夠解除現在的困境。」

劉表點了點頭，道：「也只有如此了，去叫甘寧進來見我。」

「諾！」

甘寧大踏步地走進了大帳中，見到劉表後，便抱拳道：「末將甘興霸，拜見楚侯。」

劉表讓人看座，隨即慈眉善目地道：「你家主公常常在我身邊提起你，說你有萬夫不當之勇，今日召見你來，正想讓你建功，你可願意？」

甘寧是黃祖的部下，早年在長江上為水寇，劫富濟貧，駕駛一艘大船往來衝突無人能擋。後來入寇江夏，為黃祖設計逼迫到岸上，並且將他團團圍住。

他率眾突圍，殺到只剩下自己一個人，精疲力盡時，被黃祖的部下所擒，黃祖見他是一員猛將，便勸降了他。從此以後，他也以黃祖為主，追隨黃祖左右周旋。

黃祖和劉表的關係並非主僕，黃祖在江夏自成一派，大勢所趨之下，便依附劉表，兩個人又是好友，所以甘寧並不稱呼劉表為主公，只稱呼黃祖為主公。

「不知道我家主公可否知曉此事？」甘寧對黃祖的不殺之恩牢記在心，一直以來從未忘卻，追隨左右四處征戰，加上黃祖對他也很不薄，所以他的心裡只有黃祖。

「甘將軍，我家主公乃是堂堂的楚侯，你家主公尚且依附，難道我家主公就不能命令你了嗎？」蒯良道。

甘寧道：「末將絕無此意，只是……」

「興霸！」黃祖從帳外趕來，一身鐵甲披身，魁梧的身材看上去極有威嚴。

「末將參見主公！」甘寧見黃祖到來，急忙拜道。

黃祖走到甘寧的身邊，伸手拍了拍甘寧的肩膀，說道：「興霸，如今大敵當前，正是用人之時，我和楚侯是好友，而我又尊崇他為主，名義上，你我都是他的部下，不應該有彼此之分。如今正是楚軍存亡的關頭，如果還不能以大局為重的話，剩餘的七千將士只怕會全軍覆沒。你有萬夫不當之勇，如今正是你建功立業的時候，倘若你能力挽狂瀾，擊退宋軍大將紀靈，那你就立下了大功，以後做個一郡太守，也未嘗不可。」

甘寧是水寇出身，雖然投效了黃祖，但是黃祖也不過是一個江夏太守，職位並不怎麼高，只是一個都尉身分，算不得上是什麼將軍。他很明白自己的地位，所以立功之後，經常把好處分給部下，自己孑然一身，也省得給別人落下口實。

聽完黃祖如此大義凜然的話，甘寧道：「末將明白，請楚侯、主公隨意調遣。」

劉表聽後，哈哈笑道：「好，甘寧，本侯現在就任命你為游擊將軍，率領騎兵兩千，務必要擊退紀靈，殺出一條血路來。」

甘寧抱拳道：「多謝侯爺，只是兩千人太多，營寨門前全都是宋軍，不等兩千人出去，前部就會受到堵截，也會引起宋軍的注意。屬下只需一百精騎即可，定然殺退宋軍，開闢一條生路。」

「百騎？甘將軍，此時可不能兒戲啊，宋軍在週邊尚有兩萬多人，區區百騎，豈不是羊入虎口嗎？」蒯良擔心地道。

甘寧道：「軍師都如此認為，那宋軍將士也必然會不以為然，**區區百騎人數雖少，但是甘寧卻要用這百騎開闢出一條生路**。宋軍將士已經疲憊不堪，如果我只有百騎出戰，敵軍定然不會派太多人迎戰，這也正好給了我機會，只要我能衝到宋軍陣營裡，就能夠讓宋軍陷入混亂。」

「壯哉！甘將軍真是一員猛將也！」劉表歡喜的道。

蒯良道：「主公，為了以防萬一，屬下以為，當派遣王威、蔡瑁二將，各自率領一千騎兵護衛，待甘將軍打亂了宋軍，便可以一鼓作氣，騎兵在前，步兵在後，定能殺出重圍。」

劉表點了點頭，對甘寧道：「甘將軍，一切就拜託你了。」

「諾！」

隨後，甘寧在蒯良的陪同下，親自在營中挑選出一百名身強體壯的騎兵，然後將一百名騎兵聚攏在一起，以酒五十瓶，羊肉五十斤，進行犒賞。

甘寧來到營中，讓一百名騎兵全部坐下，他自己則全身披掛，先當眾飲下兩大碗酒後說道：「今夜我奉命殺出一條血路，請各位兄弟開懷暢飲，酒足飯飽之後，隨我一同出戰，大家跟著我努力向前，建功立業就在今夜。」

眾人聞言，都面面相覷。

「將軍，敵軍在營外有兩萬多人，我們只有一百人，這不是等於羊入虎口，自取滅亡嗎？」

「這等送死的事，我不去！」

甘寧聽後，登時大怒，抽出腰中佩劍，揮劍砍斷了面前長桌，說道：「男子漢大丈夫，當提三尺劍戰死沙場，國家需要效命之時，你們怎麼可以如此退縮？天下興亡匹夫有責，我身為大將，尚且不怕死，你們又何必愛惜自己一條爛命？楚侯待你們不薄，現在正當是為楚侯賣命的時候，只要你們緊緊跟隨著我，我保證你們毫髮無損。」

眾人不再答話，只是看著甘寧，臉上還有些遲疑。

「今夜若隨我出戰，尚可有一線生機，若不能隨我一起努力殺敵，只怕全軍覆沒，大營中七千多將士的性命，全部掌握在你們的一念之中。去則生，留則死，何去何從，請你們自作主張，我甘寧絕不阻攔，就算只有我一人前往，我也不會退縮半步！」

其中一部分人是黃祖的部下，跟隨過甘寧，深知甘寧的為人，當即表示願意前往。其餘人也受到了甘寧的感召，都紛紛表示願意一同前往。

「壯哉！我甘寧敬大家一碗，希望上陣殺敵時，不要退縮，勇往直前，只有如此，你們才會死裡逃生！」

「我等謹遵甘將軍命令！」

隨後，甘寧將酒肉與百人共飲食盡，酒足飯飽之後，甘寧便讓人分別取來白鵝翎一百根，插在每個人的頭盔之上，所有士兵都頭戴鐵盔、身披鐵甲，手持容易揮砍的馬刀，又挑選了精良的戰馬一百匹，餵飽戰馬後，則靜靜地等候在營寨前。

子時過後，甘寧便率領一百精騎來到寨門前，他見黃祖率領好友蘇飛等候在寨門，便在馬背上拱手道：「主公，甘寧去也。」

蘇飛是甘寧好友，擅使飛刀，見甘寧帶領一百騎前去，不太放心，便朝黃祖抱拳道：「主公，末將願意和興霸一同前往，相互也有個照應！」

黃祖就甘寧這麼一員大將，對他的生死也自然很擔心，當即點頭道：「嗯，切記保護好興霸，不要有任何閃失，今夜功成，你們兩個都是第一功。」

「諾！」

蘇飛翻身上馬，腰中插滿了飛刀，手中握著一柄馬刀，也全身披掛，戴上白羽為號，策馬來到了甘寧的身邊，抱拳道：「興霸，我來助你一臂之力！」

甘寧點點頭，對蘇飛道：「跟隨在我的左右，切莫走散。」

「諾！」

蔡瑁、王威也準備就緒，各自帶領著一千騎兵等候在那裡。

「區區百騎，豈不是去送死嗎？」蔡瑁看到甘寧帶著的一百騎兵，不屑地道。

王威聽後，不以為然，反駁道：「甘寧驍勇，極有膽識，雖然只有百騎，未必不能建功立業。」

蔡瑁冷哼一聲，什麼都沒說，眼神卻瞪著遠處的黃祖，心中暗想道：「最好甘寧戰死，所帶百騎全部有去無回，黃祖也從此可以失去了威風，江夏也才會真正的成為主公的屬地。」

黃祖和蔡瑁並不太友好，蔡瑁當初一直想讓自己的弟弟蔡中去做江夏太守，卻因為黃祖霸占江夏，一直未能得逞，由是怨恨黃祖。可是黃祖自成一派，手下又有甘寧、蘇飛二員猛將，兵馬也有許多，所以一直忍著。

劉表和黃祖要好，是老友，對於黃祖在江夏，也並不在意，而黃祖也能時常以大局為重，所以劉表對黃祖也頗為信賴，雖然蔡瑁多次說黃祖壞話，劉表卻能辨別真偽。

荊州勢力錯綜複雜，襄陽蔡氏更是其中一支，劉表之所以在荊州站穩腳跟，也多虧了有蔡氏的幫忙，再加上他籠絡了蒯良、蒯越為謀主，為其謀劃，很快便使得荊州全境都對自己一片忠心，基本上沒有發生過什麼動亂，更沒有戰爭，而荊州也成為了天下少有的一片樂土和避難之所。

二更時分，烏雲蓋月，天地間一片黑暗。

甘寧見機會來了，隨即率領蘇飛和一百精騎殺出了寨門，直奔紀靈所把守的中軍。

紀靈時刻注意著楚軍大營，見約有一百騎從寨門殺了出來，便不以為然，冷笑一聲道：「區區百騎，何足掛齒？樂就，給你五百騎兵，前去迎敵。」

「諾！」

樂就領命，親率五百騎兵前去迎戰甘寧。

樂就一馬當先，舞著大刀便衝了過去，遠遠地將五百騎兵撇在了後面。他見甘寧衝來，覺得面生，便喝問道：「來者何人，報上名來，我樂就刀下，不殺無名……」

「唰！」甘寧更不答話，見來者是宋軍驍將樂就，便加快馬匹速度，直接衝到樂就面前，手起一刀，一顆人頭便被斬落馬下。

「甘將軍威武！甘將軍威武！」蘇飛見狀，急忙振臂一呼，身後百騎都抖擻起精神，跟著一起喊。

紀靈大驚，這才看清來者是甘寧，急忙回頭對梁剛道：「甘寧驍勇，給你一千騎兵，把甘寧給我圍死！」

「諾！」

梁剛接到命令，立刻率領一千騎兵朝著甘寧而去，一臉的憤怒，並且大聲喊道：「甘寧，還我兄弟命來，我要替樂就報仇！」

甘寧、蘇飛帶領著一百精騎迅速和樂就帶領的五百騎兵衝撞在了一起，他們都受到了甘寧的感召，作戰起來十分的勇猛，而宋軍的五百騎兵見主將戰死，甘寧等人洶湧而來，不由得產生了懼意。

宋軍硬著頭皮上，可是一經和甘寧帶領的騎兵接觸，優劣立刻分了出來，士氣的高低直接影響到戰鬥的結果，五百騎兵經過一陣衝殺，竟然不能抵擋甘寧等人，反而四散逃開。

梁剛帶領一千騎兵從側面殺了過來，甘寧見狀，扭頭對蘇飛道：「蘇兄，交給你了。」

蘇飛點點頭，嘴角揚起一抹淡淡的微笑，左手從腰中掏出一把飛刀，射了出去。

寒光一閃，梁剛面上一陣驚詫，只覺得脖頸上一陣疼痛，他哇哇亂叫的聲音也驟時停止，想喊都喊不出來，鮮血不斷地噴湧而出。

他瞪著驚恐的眼睛，看到甘寧等人迅速將樂就的五百騎兵一分為二，衝到後面的步兵陣營裡去，身子向下一歪，直接墜落馬下，被後面趕上來的騎兵給踏得血肉模糊。

紀靈見又折了梁剛，心中不忿，留下兩名偏將壓陣，他自己提刀縱馬，帶著二十名親隨追著甘寧而去。

甘寧此時已經衝到了宋軍步兵防守的陣營裡，帶領著一百騎兵猶如一把尖刀，直接插進宋軍的體內，一陣衝殺，將宋軍攔腰折斷。

「分！」甘寧大叫一聲，按照他早已制定好的作戰計畫，和蘇飛迅速分開，各自領著五十名騎兵向左右兩側分散開來，不斷在宋軍的陣營裡衝殺，所過之處，如入無人之境。

宋軍將士打了一整天，正是疲憊之時，面對突如其來的敵人，他們能想到的事情就是避而不戰，或者直接逃走，有的想要去迎戰，可剛衝到騎兵面前，便被砍掉了腦袋，在這些騎兵的面前，宋軍顯得不堪一擊。

隨後，甘寧又和蘇飛合兵一處，一百騎兵快速馳騁著，沿著宋軍長長的防守線，一直奔馳了過去。

紀靈聚攏了樂就、梁剛的騎兵，追隨著甘寧而去，可是甘寧那毫無套路的打法，讓他很是頭疼，東一突，西一闖，讓他捉摸不透，也無法利用士兵包圍，只見甘寧所過之處，立刻引起一陣混亂。

宋軍的防線被打亂了，整齊的陣營頓時變得鬆散起來，紀靈雖然尾隨其後，卻始終追逐不上。

甘寧、蘇飛帶著一百騎兵，剛向前殺了一段路，隨即又轉了回來，再次進行一陣衝殺。

紀靈正在追逐甘寧，突然見甘寧調轉馬頭殺了回來，氣勢雄渾的朝自己這邊殺來，他抖擻了精神，舞著大刀便要迎戰，卻不想前面的步兵因為抵擋不住甘寧的衝殺，突然退了回來，士兵的洪流和紀靈的騎兵衝撞在一起，立刻陷入混亂當中，撞死的、被馬蹄踏死的足足有一千多人。

甘寧見紀靈陷入混亂，被自己的步兵包圍，臉上浮起一抹詭異的笑容，一拉轠繩，戰馬便轉變了方向，直接向宋軍的營寨奔馳了過去。

「甘寧休走！」紀靈追擊甘寧心切，舞著大刀砍死了幾個擋路的士兵，帶著騎兵追逐了出去。

袁術此時在營帳中入睡，忽然聽到營帳外面一陣馬蹄聲響起，隨後傳來陣陣的廝殺聲，頓時大驚，出帳一看，不知道何時甘寧竟然殺進了營寨。

宋軍把大部分兵力全部投到了前線，用於包圍楚軍營寨，營寨中留守的只有一些老弱病殘，加上楚軍被團團圍住，這些人見楚軍根本無法突圍而出，便心安理得的睡覺了，就連守營的士兵也都疲憊的直打盹。

甘寧的突然到來，讓這些人措手不及，還沒有來得及反抗，甘寧便已經殺進了營裡。

「快擋住他們！紀靈是幹什麼吃的，怎麼會有楚軍到來？」

袁術顧不上披甲，直接在親兵的護衛下離開中軍大帳，隨便找了匹戰馬，邊騎還一邊大罵。

甘寧、蘇飛帶著百騎在營寨中四處縱火，弄得宋軍大營一陣混亂，火光一片。

紀靈從後追來，見到營寨起火，登時驚道：「快救火，絕對不能讓大火燒毀了糧草。」

命令下達，紀靈立刻放棄追逐甘寧，全力加入救火的行列。

甘寧、蘇飛見狀，趁亂殺出營寨，朝東南方而去，一百名騎兵全部毫髮未損。

黃祖受劉表命令，負責全權指揮戰鬥，看到甘寧如同一頭猛虎般撲向宋軍陣營，攪亂了宋軍，並且使得宋軍大營起火，捋了捋鬍鬚，露出滿意又驕傲的笑容。

「全軍出擊！」黃祖是一個頗有帥才的人，雖然名聲不怎麼樣，可是在對付孫堅入侵荊州的問題上，他的江夏水軍和陸軍一直表現得非常出色，幾年中，他和孫堅打了大小五次，敗了三次，勝了兩次，是讓孫堅頗為頭疼的一個人，更得到了劉表的信任。此時他看準了時機，立刻拔劍而出，大聲地下令道。

蔡瑁看到甘寧竟然成功了，心中雖然不爽，可是面對突圍，他也不會扯後腿，他深切地知道一榮俱榮，一損俱榮的道理。

「殺！」蔡瑁大叫一聲，握著長槍便率先衝了出去，王威緊隨其後，兩千騎兵打頭，立刻殺出了營寨，奔向尚在混亂中沒有恢復過來的宋軍士兵。

張允、黃祖則帶領著步兵護衛著劉表、蒯良撤退，一部分人則押運著糧草在後面尾隨。

雷薄、雷緒見紀靈指揮的中軍陷入了混亂，而楚軍大舉突圍，立刻向中間施加壓力，將布置在兩翼的士兵全部投入到堵截當中，強弓硬弩於兩翼射殺，中軍的宋軍暫時由紀靈的兩個偏將指揮，鋪天蓋地的將楚軍扼殺在尚未形成的突圍優勢當中。

宋軍的營寨火勢並不怎麼大，紀靈經過一陣撲救，總算將火勢撲滅，還沒有來得及高興，便見袁術帶領著嚴象趕了過來。

「參見主公！」袁術於慌亂中逃竄，當時不知道甘寧帶領多少士兵，當他知道甘寧只帶領一百騎兵時，便立刻帶領五百親隨重新趕回了營寨。他現在衣不遮體，臉上還是驚魂未定，除了關鍵部位被遮擋住以外，其餘的地方隱約可見，甚是狼狽。

袁術翻身下馬，袁術提著馬鞭便抽打在紀靈的身上，大聲怒斥道：「你是怎麼當大將的，兩萬多士兵竟然抵擋不住一百騎兵的衝殺，我養你是幹什麼吃的？」

紀靈一臉的羞愧，他出身低微，他爹本來是袁術的家奴，他和袁術算是從小就認識，袁術小時候也喜歡「行俠仗義」，經常告誡紀靈，說男子漢大丈夫當征戰沙場，做個將軍。紀靈深有感觸，便在袁術的資助下去拜師學習，學成之後，便重新回到袁術的身邊，一直跟著袁術，不離袁術左右。

不過，在袁術去平定涼州北宮伯玉叛亂時，紀靈恰巧因為父親去世，要守孝三年，沒有跟隨，之後守孝年滿，再次回到袁術的身邊。不同是的，這次他不是去給袁術當家奴的，而是當大將的，地位也由此提升了很多等級。

但是在紀靈的心裡，他還是袁術的家奴，對袁術的打罵從來都是無怨無悔。

「主公，是我太小覷了甘寧，只是士兵太過疲憊，甘寧又勇不可擋，這才……」

「算了算了，你趕緊去擋住劉表，千萬不能讓他突圍而出，否則的話，後患無窮。告訴士兵，斬殺劉表並且拾獲傳國玉璽者，賞萬金，封男爵。」

「諾！」

袁術見紀靈要走，便又叫住了他，說道：「紀靈，這次全靠你了，千萬不要讓我失望！」

打一棒子，再給個甜頭吃，袁術對於自己所依賴的人，其實還是有著很好的駕馭能力的。

「諾！」

紀靈留下所有的騎兵在營寨護衛袁術，自己獨自一人提刀上馬，朝前方不遠處向要突圍的楚軍奔馳了過去。

宋軍雖然陷入了混亂，但是面對楚軍的大舉突圍，加上雷薄、雷緒從兩翼用弓弩進行的射擊，立刻壓住了楚軍的突圍攻勢。

一時間，人仰馬翻，血流成河，屍體堆積如山。

蔡瑁、王威率領騎兵衝在最前面，王威之前看見甘寧那種毫無章法的打法，也帶著部下照章模仿，頓時取得不小的成果。

蔡瑁則不同，他帶領騎兵一陣猛衝，哪裡人多往哪裡鑽，衝進去之後，不但不快點抽身離開，反而從中間向外殺出去，結果卻使得自己身陷重圍，無法殺出。

紀靈拍馬舞刀從後面趕來，赫然看見蔡瑁被包圍，握緊了手中大刀，心中想道：「殺不了甘寧，殺了你也能使得楚軍士氣低靡。」

卯足全力，紀靈單刀匹馬，迅速衝進人群，大聲喝道：「甘寧已經被我擊殺，楚軍沒什麼了不起的，殺啊！」

請續看《三國疑雲》第三卷 帝王之相

# 三國疑雲 卷2 逼入絕境

作者：水的龍翔
發行人：陳曉林
出版所：風雲時代出版股份有限公司
地址：10576台北市民生東路五段178號7樓之3
電話：(02) 2756-0949
傳真：(02) 2765-3799
執行主編：朱墨菲
美術設計：吳宗潔
行銷企劃：林安莉
業務總監：張瑋鳳

初版日期：2022年3月
版權授權：蔡雷平
ISBN：978-626-7025-37-6

風雲書網：http://www.eastbooks.com.tw
官方部落格：http://eastbooks.pixnet.net/blog
Facebook：http://www.facebook.com/h7560949
E-mail：h7560949@ms15.hinet.net
劃撥帳號：12043291
戶名：風雲時代出版股份有限公司

風雲發行所：33373桃園市龜山區公西村2鄰復興街304巷96號
電話：(03) 318-1378
傳真：(03) 318-1378
法律顧問：永然法律事務所 李永然律師
北辰著作權事務所 蕭雄淋律師

行政院新聞局局版台業字第3595號 營利事業統一編號22759935


**定價：290元** 

國家圖書館出版品預行編目資料

三國疑雲 / 水的龍翔著. -- 初版. -- 臺北市：風雲時代出版股份有限公司, 2022.01- 冊； 公分

ISBN 978-626-7025-37-6（第2冊：平裝）--

857.7 110019815